そうだ、売国しよう
天才王子の赤字国家再生術
7

「両国の友情の一助となれたことを
誇らしく思います、摂政殿下」

「前回と同じく、笑顔で握手を
かわせそうだな、ブランデル殿」

（私がこうすることを、きっとウェインは確信しているのでしょうね）
この俺だ
この私です
（現状で確信できるのはここまでだな）

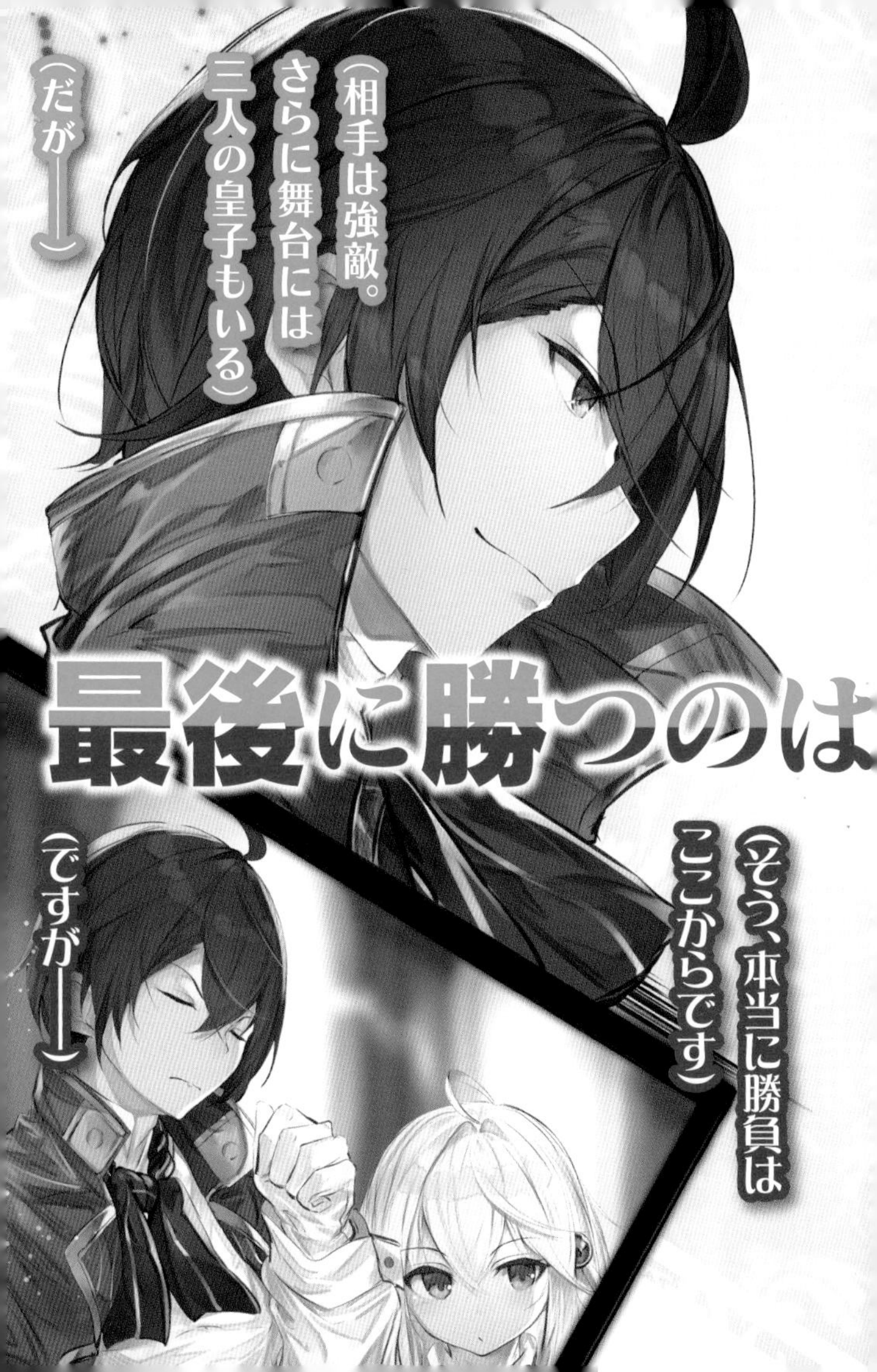
（相手は強敵。
さらに舞台には
三人の皇子もいる）
（だが――）
最後に勝つのは
（そう、本当に勝負は
ここからです）
（ですが――）

「ラーニャ王女、人と民の違いは解りますか？」
帝国宰相
ケスキナル

それは、皇宮という帝国の中枢において、
全くそぐわない風体の男だった。

CONTENTS

Prince of genius rise worst kingdom

YES, treason it will do

天才王子の赤字国家再生術 7
～そうだ、売国しよう～

鳥羽徹

GA文庫

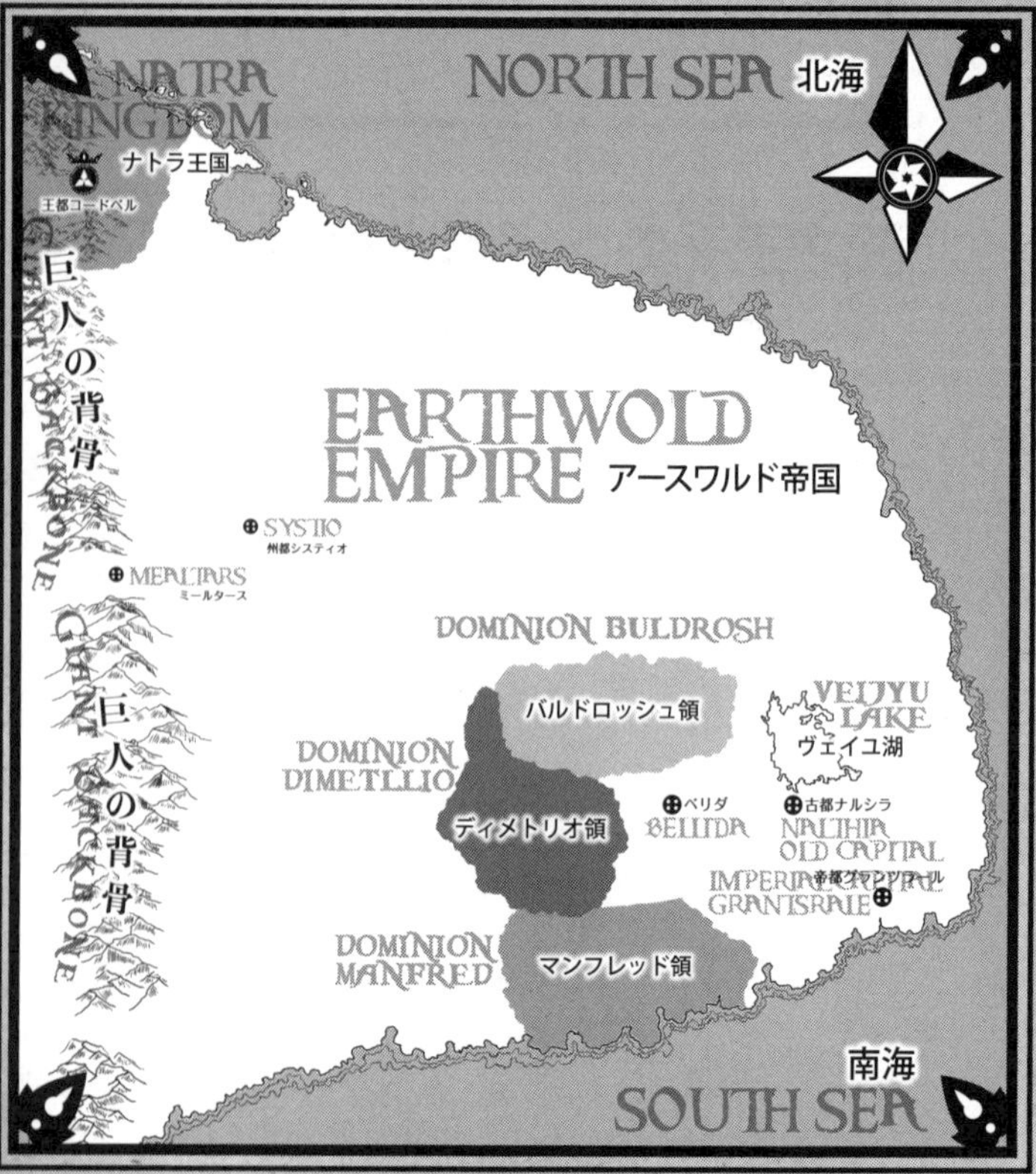

NATRA KINGDOM
ナトラ王国
王都コードベル
NORTH SEA
北海
巨人の背骨
GIANT'S BACKBONE
EARTHWOLD EMPIRE
アースワルド帝国
SYSTIO
州都システィオ
MEALTARS
ミールタース
DOMINION BULDROSH
バルドロッシュ領
VEIJYU LAKE
ヴェイユ湖
DOMINION DIMETLLIO
ディメトリオ領
ベリダ
BELLIDA
古都ナルシラ
NALTHIA OLD CAPITAL
IMPERIAL CAPITAL GRANTSRALE
帝都グランツラール
DOMINION MANFRED
マンフレッド領
南海
SOUTH SEA

第一章　そうだ、帝都へ呼ぼう

アースワルド帝国、帝都グランツラール。

大陸最大の湖、ヴェイユ湖に程《ほど》近い場所に造られたその都は、大陸東部の覇権《はけん》を握るアースワルド帝国の首都であり、象徴である。

帝国は多くの諸外国を併呑《へいどん》し、その民を、文化を吸収してきた国家だ。それを反映した帝都の人種は実に雑多で、言語も多数。街並みも決して統一感があるわけではなく、洗練さとはかけ離れた未熟な混沌《こんとん》都市である。

長い伝統からなる、完成された大陸西部の文化に浸ってきた人間がこれを見れば、なんと雑然としたところかと顔をしかめるかもしれない。しかし少しでも目端の利《き》く人間ならば、戦慄《せんりつ》を禁じえないだろう。

帝国が拡大路線に転じて数十年。大陸東部の覇権《はけん》を得てもなお、この国は未完成であり、すなわち、更なる飛躍の可能性を秘めたままということなのだから。

飽《あ》くなき成長を続ける巨竜。

それこそが東の覇者、アースワルド帝国に他ならない――

◆◇◆

帝都の片隅に、クインテットという小さな料理店がある。

主要な道路からは外《はず》れているものの、帝都の人々からは隠れた名店として扱われ、普段からなかなかに繁盛《はんじょう》している店である。

帝都といえば帝国の心臓。帝国中から人材が集まる場所であり、そこで店を構え続けることは決して容易ではない。そんな生《い》き馬《うま》の目を抜くような界隈《かいわい》で繁盛しているというのだから、店主の腕前が本物であることの証左であろう。

そして今日もまた、店内は客で賑《にぎ》わっているのだが――少しだけ、普段と違うところがある。いつもなら開放されている二階が、今日は貸し切りになっているのだ。

「店長、誰《だれ》かお偉いさんでも来てるのかい？」

と、客の誰かが尋ねれば、

「そんなところだよ。だから行儀良くしててくれよな」

店主は特に気兼ねすることなくそう応《こた》える。

「おいおい、俺《おれ》達ほど品行方正《ひんこうほうせい》な客は他にいないぜ？」

「酒を飲んでない時なら、そうかもしれないがね」

店主の切り返しに客は笑い、それから話題は別のものへと移る。

多くの客にとってみれば、上階に誰がいようとさしたる問題ではないし、ここの店主の腕前を知っていれば、立場のある人間が通っていても驚くに値《あたい》しないからだ。

とはいえ、彼らがもしも上階にいる人物を実際に目の当《まあ》たりにしていれば、さすがに度肝《どぎも》を抜かれただろう。

アースワルド帝国第二皇女、ロウェルミナ・アースワルドが、物憂《ものう》げな表情でそこにいたのだから。

「……ふう」

控えめに言ってもロウェルミナは美しい少女である。

豊かに光を湛《たた》える金色の髪。透き通った碧《あお》い瞳《ひとみ》。その肢体は指の先に至るまで艶《あで》やかで、たとえ彼女の立場を知らない者であっても、その姿を一目見るだけで、さぞや高貴な生まれであろうと直感することだろう。

その美しさは、こうして椅子《いす》に腰掛け、横顔に陰りを浮かべている今であっても変わらない。むしろその姿の方が、どこか浮世離れした神秘性を感じさせた。

――ただし、

「食べ過ぎました……」

物憂げにしている理由が、満腹で動けないからと知られれば、積み木を崩すように幻滅されるであろうが。

「うぐぐ、何が悪かったのでしょう……」

「控えめに申しまして、殿下の頭かと」

そう横合いから言葉で突き刺すのは、ロウェルミナの従者であるフィシュ・ブランデルだ。顔を覆《おお》うロウェルミナの前に、今もなお料理を載せた皿がいくつも残されているのを見て、彼女の瞳には呆《あき》れが浮かんでいた。

「このような量、食べきれるわけがないと考えるまでもなく解るでしょう」

「はー出た出た、出ましたよ有識者気取りの得意技！　結果論からの批判、批評、正論マウント！　そこまで言うならどうして止めてくれなかったんですか⁉」

「止めようとしたところ『は⁉　今日の私の胃は最強なのでこれぐらい超平気なんですけど⁉』などと妄言を口にされたと記憶していますが」

「……」

ロウェルミナはそっぽを向いた。

「殿下」

「はいおしまい！　私の記憶には無いのでこの件はイーブン！　そんなことより建設的な話をしましょう！　フィシュも一緒に食べてくれませんか⁉」

「恐れながら、私は殿下に忠誠を誓っておりますが、私の胃袋を殿下の予備とするまで了承し

た記憶はございません」

「くっ、これが家臣に裏切られた主君の気持ち……！　胸が張り裂けそうです……！」

「張り裂けそうなのはお腹《なか》では」

「同じ胴体なので誤差ですよ誤差！」

左様ですか、とフィシュはため息をついた後、席についた。

「今回限りですよ、殿下。私もそこまで健啖《けんたん》な人間ではないので」

「信じていましたよフィシュ！　やはり持つべき者は忠臣です！　あ、ところでフィシュも食べてくれるなら食後のケーキも頼めそうですね。幾《いく》つくらいいきましょうか⁉」

「…………」

「おや、どうしました？　まるで学習しない豚《ぶた》が性懲《しょうこ》りもなくやらかしそうなのを見て、この子はもうダメね、でもいいわ食肉にされるまで優しくしてあげる、みたいな目をして」

「ご安心下さい。みたいな、ではなくそのものですので」

どういうことでしょう、と首を傾《かし》げる主君を放置して、フィシュは食事に取りかかった。

そして十数分後、無事に全《すべ》ての料理が二人の胃に収まった。

「あー……もうダメです、三日分食べました。これ以上は入りません。私は牛になります」

椅子にもたれてぐったりとするロウェルミナにフィシュは言った。

「ですが、何とか食べきりましたね。この分ならケーキは不要でしょう」

「あ、それは食べます」

「……三日分食べたのでは？」

「三日分消化すればつまり一食分ですよね」

何を言っているか全く解らなかったが、とにかくケーキは食べるつもりらしい。呆れるフィシュを前に、ロウェルミナは得意げに語る。

「食の殿堂といえばソルジェスト王国が有名ですが、帝国だって負けていません。特にここのケーキは美味《おい》しいんですよ。小麦と卵黄《らんおう》、それに貴重な砂糖《さとう》を混ぜ合わせたふわっふわのスポンジケーキ！　それを旬《しゅん》の果実《かじつ》やジャムで飾り立てたケーキは、もう見た目からして甘く蕩《とろ》けそうで」

「そういえば殿下はこの店に来るのが初めてではないそうですね」

「ええ、士官学校に通っていた頃に何度も。ケーキは一日で作れる数が限られていますから、いつも皆で取り合いになってましたね」

懐かしむように視線を遠くへ向けるロウェルミナ。

皇女という立場からすれば、わざわざ店に出向かず料理人を宮殿に呼びつけることも、料理を残すどころか一口だけ食べて残りを捨てることとさえ許されよう。

しかし彼女はそうしなかった。

（……ご学友とよく通われていた店、か）

この店に行くと言い出したのも、多く注文してしまったのも、残そうとしなかったのも、仲間の面影《おもかげ》を思ってのことなのだろう。感傷だ、と切り捨てることは容易だったが、フィシュはそうせず、穏《おだ》やかに微笑《ほほえ》んだ。

「ふふん、やはりフィシュもケーキに興味があるようですね」

「……そうですね、殿下がそこまで仰《おっしゃ》るほどですから」

微笑みを関心と勘違いした主君に、フィシュは小さく頷《うなず》いた。

それから二人は運ばれてきたケーキを食べ、甘美な芳香と食感、そしてこれ以上はほんともう無理という苦しみを心ゆくまで堪能した。


「――それで」

人心地ついたところで、フィシュは言った。

「如何《いかが》でしたか、殿下。ここに来るまでの市井《しせい》の様子は」

「さすが帝国の首都。いつも通り騒がしくて、元気でした。――表向きは」

ロウェルミナがこの店に行くことを選んだのは感傷だ。

しかし、彼女が外出することにしたのは、別の理由がある。

ロウェルミナは直接都市に繰り出すことで、その空気を肌《はだ》で感じようとしていたのだ。

「やはり、帝国は病に冒《おか》されつつありますね」

そして長年帝都で暮らしてきた彼女は、普段通りに見える帝都の活気の中に、鬱屈《うっくつ》した熱が渦巻いていることを感じ取った。

「……皇帝陛下がお隠れになって、もう三年目。さしもの帝国といえど、倦《う》みますか」

「少なくとも、お父様が健在であれば、こうはなっていなかったでしょう」

ゼルク・アースワルド。

ロウェルミナの父親にしてアースワルド帝国皇帝である。

帝国を牽引するに相応《ふさわ》しい能力を持ち、民からも慕われた偉大な皇帝であった。

しかしだからこそ、彼が崩御《ほうぎょ》したことで帝国は暗礁《あんしょう》に乗り上げてしまった。

本来は皇帝によって導かれるべき国家の熱気、活力、あるいは気迫といったエネルギー。それが導き手を失ったことで、さながら病で生じた不快な熱のようになり、帝国を蝕《むしば》んでいるのである。

「あるいは、きちんと後継者を指名していれば、話は違ったかもしれません」

ゼルクには三人の息子がいた。

古参貴族に支持される第一皇子ディメトリオ。

軍人に支持される第二皇子バルドロッシュ。

新興貴族に支持される第三皇子マンフレッド。

彼らは全員が十分即位可能な年齢であった。しかしその誰もが皇帝ゼルクの目に適《かな》わなかった。偉大なる皇帝は、自らの器量を知るがゆえに、それに及《およ》ばない息子達に帝国を預けることをよしとしなかったのだ。

　そうしてゼルクは後継者を指名することなくこの世を去り、結果として三人の皇子による跡目争いを誘発することになる。皇帝は華々しい経歴の最後に、自ら瑕疵《かし》をつけてしまったのだ。

　そして崩御から三年目を迎えた今も、跡目争いは未《いま》だに解決されていない。帝国はやり場のない活力を抱えながら、無為に時間を浪費し続けているのである。

「……全く、皮肉な話ですね」

　ロウェルミナは自嘲《じちょう》する。

「帝国の民の安寧《あんねい》を思えば、今すぐにでも兄達の誰かが帝位につくべきでしょう。しかし私個人の野心を思えば、この混乱が最大の好機なのですから」

　ロウェルミナは現在、憂国《ゆうこく》派と呼ばれる派閥の長を務めている。

　それは名前の通り、帝国の未来を憂《うれ》う者達の集まりだ。遅々《ちち》として進まない継承問題を解決するため、また焦《じ》れた皇子達が安易な武力解決に走らないよう、中立の立場でこの問題に取り組むというロウェルミナの思想に共感した者達で構成されていた。

　が、これは表向きの話だ。

　ロウェルミナを筆頭とした僅《わず》かな人間だけが知っていることだが、ロウェルミナの真の目的は、女帝として帝国に君臨することである。

　憂国派閥を形成したのも、皇子達の権威を削りながら、自らが皇帝になるための道筋を作るための一環だった。

「……女の身でありながら皇帝の座を欲するという大望。それを成し遂げるには、殿下の才覚のみならず、機運を摑《つか》むことも重要になりましょう」

この時代、女性が政治の場で辣腕《らつわん》を振るう例はほとんど存在しない。まして女帝など前代未聞《みもん》である。その茨《いばら》の道をロウェルミナは歩もうというのだ。

そのためならば、跡目争いに腐心《ふしん》する皇子達を出し抜くことも、真に国を憂う者達に心にも無い正義を説くこともしなくてはならない。そうフィシュは確信する。

「まして今の帝国の混乱自体は、殿下が意図して始めたものではないのです。機を利用することを気に病まれる必要はないかと存じます」

「……そうですね。今のところは、ですが」

そこで一旦《いったん》、二人の間の言葉が途切れた。

するとそれまで聞こえてこなかった、階下の客の喧噪《けんそう》が耳に届いた。

彼らが口にする会話は多岐に渡るが、中でもとある話題がロウェルミナの耳朶《じだ》をくすぐった。

『ところで聞いたか、遂にディメトリオ殿下が立たれるらしいぞ』

『おお、戴冠式《たいかんしき》を行われるそうだな』

『これでようやく我らが帝国も落ち着くというものだ』

『しかし第二、第三皇子殿下は反発されるだろう』

『……内乱となるのだろうか？』

『解らん……だが正直なところを言えば、どなたでも構わないから早く皇帝の座について頂きたいものだ』

最後の言葉には、痛切な響きがあった。

ロウェルミナは階下から意識を戻し、ため息をつく。

「やはり、市井でも噂《うわさ》になっていますね、戴冠式」

「はい。あれだけ大々的に告知されましたから」

戴冠式。

帝位継承権を持つ者が行う、皇帝になるための儀式である。

これが成立することで、その者が次の皇帝であると内外に示されることになるのだが――

第一皇子ディメトリオが、先日この戴冠式の実施を宣言したのだ。

「民にとってはようやく、というところでしょう」

皇帝が崩御して丸二年が経過し、三年目に突入している。ロウェルミナが帝国の空気に倦みを感じたことから解るように、民も焦《あせ》りを抱いているのだ。

今でこそ帝国は健在ではあるが、各地に動乱の兆しはあり、大陸西部の諸国は虎視眈々《こしたんたん》と付け入る隙《すき》を窺《うかが》っている。皇帝空位のままいつまで平穏が持つかは誰にも解らず、なればこそ一刻も早い安定を、国民の誰しもが望んでいた。

「ですが、私にとってこれが成立されては困るわけです」

第一皇子ディメトリオが皇帝になることは、そのままロウェルミナの野望が潰《つい》えることを意味する。敗北を座して待つことなど、彼女にはできない。

ゆえに、動く。今までは意図していなかった。しかしこれからは違う。ロウェルミナは自らの野心のために、民の望みに反して動かなくてはならないのだ。

「……全く、皮肉な話ですね」

先ほどと同じ言葉をもう一度口にして、それから彼女は従者に問いかけた。

「それでフィシュ、こちらに来る予定のウェインはどうなっています？」

ナトラ王国王太子ウェイン・サレマ・アルバレスト。

ロウェルミナと浅からぬ関係を持ち、今や大陸中に名を知られている彼は、この戴冠式の件では彼女の協力者として、帝都を訪れる手はずとなっている。

「はっ。そのことですが先ほど連絡が届きました。内容は――」

フィシュの報告に、ロウェルミナは天を仰《あお》いだ。

◆◇◆

「むう……」

アースワルド帝国第一皇子ディメトリオは、悩《なや》ましげに唸《うな》っていた。

　彼が居るのは帝国にある都市ベリダ。そこに構えられた館の一室である。

　館の周辺は当然として、都市全体をディメトリオの兵が警備に当たっている。ベリダは現在、ディメトリオ軍の駐留地となっているのだ。

「殿下、密偵より第二皇子の挙動についての報告が」

「こちらに参陣予定のエンシオ卿ですが、明日にも到着するものと」

「他の派閥の動きが想定より速い。一気呵成《いっきかせい》に進むべきでは――」

「いや兵の疲労もある。ここは慎重に――」

　ディメトリオの前で、家臣達は情報や議論を活発に交わす。

　彼らの目的はただ一つ。ディメトリオを皇帝にすること。

　そのために今、兵を率いて目的地へ向かっているのである。

　――が。

「むぬう……」

　この大事な大一番《おおいちばん》の最中において、しかしディメトリオはどこか集中できずにいた。

　いや、実のところ集中できていないのは彼だけではない。他の家臣達も、議論しつつチラチラと部屋の片隅に意識を割いていた。

　では、一体そこに何があるのかといえば――

「おや、どうかしたかな皆様方」

にっこりと微笑み、それは言った。

「私のことはどうか気にせずに、話し合いを続けてもらいたい」

ウェイン・サレマ・アルバレスト。

ナトラ王国王太子が、どういうわけか、そこにいたのである。


ディメトリオと家臣達はこう思った。

（どうしてこいつがここにいるのだろう……）

そしてウェインもこう思った。

（どうして俺がここにいるんだろう……）


それぞれの思惑《おもわく》が絡《から》み合《あ》い、時として意図せぬ様相を導きながら、物語の新たな幕が開く。

アースワルド帝国第一皇子、ディメトリオの戴冠式宣言から始まったこの事件は、後に紡《つむ》がれる史書においても大きく扱われており、その見出しにはこう書かれていた。

かくして、帝国の新時代は始まった——と。

第二章　動き出す歴史の表裏《ひょうり》

時は少し遡《さかのぼ》る。

場所はナトラ王国ウィラーオン宮殿。

そこの一室で、とある恒例行事が行われていた。

「──そなたらが、此度《こたび》登用された者達か」

上座に座り、そう鷹揚《おうよう》に口にするのは、王太子ウェイン・サレマ・アルバレストである。

傍《そば》には補佐官のニニム・ラーレイが控《ひか》えており、そんな二人の視線が向かうのは、ウェインの前に跪《ひざまず》く二人の男である。

「お二方《ふたかた》、殿下にご挨拶《あいさつ》を」

ニニムが促《うなが》すと、片方の男が緊張を浮かべつつも応じた。

「この度《たび》、栄《は》えある王宮警備隊の一員となりました、クロヴィスと申します。私のような若輩《じゃくはい》者《もの》が王太子殿下のご尊顔《そんがん》を拝《はい》しましたこと、誠《まこと》に恐悦《きょうえつ》です……！」

クロヴィスと名乗った男はそう口にすると、淀《よど》みなく言えたことにそっと安堵《あんど》の息を吐《は》く。

次いで口を開いたのは隣の男だ。

「わ、私はの、農法、農法の研究を……あ、い、いえ、失礼いたしました！　サロ、サロモンと申します……！」

この馬鹿《ばか》、とクロヴィスが青ざめた。サロモンもまた真っ青《まさお》になって深々《ふかぶか》と平伏する。一国の実質的指導者の前で名乗りに失敗したのだ。無理もない反応である。

しかしウェインはそんな二人を落ち着かせるように、穏《おだ》やかに言った。

「サロモン、そなたの話は聞いている。カバリヌ王国で農法について研究していたそうだな。提出されたいくつかの研究報告も読んだ。乾燥地域における連作障害とその早期改善の考察。なかなか興味深かったぞ」

「は、はひ……！」

喜びか緊張かでぶるぶると震えるサロモン。ウェインはその隣を見やる。

「クロヴィスは同じく王国軍に属するカールマンの弟であったな」

「え、あ、兄をご存知なのですか……⁉」

ギョッとするクロヴィス。彼の兄のカールマンは一介の兵卒である。まさか王太子に名を覚えられているなどとは夢にも思わなかった。

「私が摂政《せっしょう》に就き、マーデンと干戈《かんか》を交えた頃から共に戦ってきた勇士だ。忘れるものか。その弟もこうして王国軍の門戸《もんこ》を叩《たた》いたこと、嬉《うれ》しく思うぞ」

「何と……何という……もったいないお言葉です……！」

感動に打ち震えながら、クロヴィスは目尻《めじり》に涙さえ浮かべた。

そんな二人にウェインは頷《うなず》き、告《つ》げる。

「国の根幹とはすなわち人だ。ナトラが飛躍している今こそ、それを支える人間が何よりも重要になる。──これからの二人の忠勤に期待する」

「「ははっ！」」

この地上に、これほど素晴らしい為政者《いせいしゃ》は二人と存在すまい。この御方に仕えることこそ、己《おのれ》の運命なのだ。クロヴィスとサロモンは、そう確信しながら頭《こうべ》を垂《た》れた。

◆◇◆

「──へっ！　チョロいもんだぜ！」

「あのね……」

面接が終わるや否《いな》や、意地悪い笑《え》みを浮かべるウェインの姿に、ニニムはため息をついた。

「もう、さっきまで徳が高そうな主君だったのにすぐこうなるんだから」

「高級品だからな、用法用量を守らなきゃいけないんだ」

肩をすくめて、それにしても、とウェインはふっと笑う。

「やっぱり効果があるな、この『俺直々《おれじきじき》に面接して忠誠心爆上げ大作戦』！」

摂政に就いてからというものの、ウェインはいくつかの慣例を作った。

その一つが、王家に登用された人間はその立場や役職に拘《かか》わらず、ウェインと簡易な面接を行う、というものだ。

採用の可否自体は人事担当官に一任しており、よほどのことが無い限りウェインとの面接で覆《くつがえ》ることはない。ではこの慣例に何の意味があるのかといえば――

「ナトラ王族という屈指の貴種《ブランド》！　その代表たる俺から言葉をかけられることで満たされる承認欲求と、自らがナトラの一員であることへの意識の芽生《めば》え！　やはり家臣は忠誠で心を縛るに限るな！」

要するにパフォーマンスの一環だった。

「そういうことは思っていても口にしないものよ、ウェイン」

苦言を呈するニニムだが、作戦の効果は彼女とて認めるところである。

往々《おうおう》にして、王族と国民の距離は遠い。民からすれば、何かしらの儀式や祭典の際に、遠目に王族の姿を見かけるのが精々だろう。家臣となって王宮で仕事をするようになれば、多少目にする頻度や距離が近くなるだろうが、それでも相応の位につかなくては言葉を交わすことなどできまい。

そこでこの面接である。天上人に等しいウェインと直接言葉を交わすというのは、多くの者にとって感動的な体験であり、励みになるのだ。

「しかも家臣の士気向上だけじゃなく、俺が王宮で働く人間の顔を覚える機会にもなる。一石《いっせき》二鳥《にちょう》とはこのことだな」

「相変わらずちゃんと記憶してるのね……」

「当然。出来る能力があるんだから、使わないと損だろ？」

生来、ウェインは優れた記憶力を持っている。なにせ数千人もいるナトラ王国軍兵の大半の名前を覚えていられるというのだから、尋常ではない。そして彼はこれを用いて、宮廷に務めている人間も記憶しているのだ。

宮廷に出入りする人間は、常勤非常勤を全《すべ》てひっくるめれば数百人にもなろうか。王国軍のことを思えば大したことのない人数だが、宮廷に勤めている人間の場合は、さらに出身や経歴などの細かな情報もウェインは記憶していた。

「断言してもいいけれど、余所《よそ》の王様とかは絶対やってないわよそんなこと」

「俺からするとその感覚の方が理解できないんだけどな」

ウェインは肩をすくめる。

「王宮なんて言わば国の心臓で、自分の住処だろ？　そこを見ず知らずの人間がわらわら動き回ってるのに、よくまあ心配にならないもんだ」

ウェインの言う通り、王宮というのは国家の中枢である。往々にしてそこには王族を筆頭とした重要人物が多く身を置き、宝物《ほうもつ》や国家機密ともいえる情報も所蔵されている。

となれば必然、王宮に勤務している者達には高いモラルと、潔白《けっぱく》な経歴が必要になる。不審者が入り込むなど、あってはならないのだ。

もちろん、覚えてるからといってウェインが四六時中王宮内を監視できるわけではない。それでも自分が王宮で過ごす人間を知っているか否かは、有事の際に違う結果をもたらすだろう──というのが彼の持論なのである。

「心配してないんじゃなくて、覚えきれないのよ。数百人、数千人も人の顔を記憶するなんて、ハッキリ言って変態だわ」

「変態じゃねーし！　コツがあるだけだし！」

「コツって？」

「顔と名前だけじゃなくて体格や声質、立ち振る舞いとかもセットで頭に突っ込むだけ！　これで誰《だれ》でも数百人は覚えられる！」

「やっぱり変態だわ」

家臣からの容赦のない評価に、ウェインはぐえーとうめき声をあげた。

そんな彼に向かってニニムは言う。

「仮にそれで覚えられるとしても、やっぱり実行する王様は少ないでしょうね。何せ記憶力以外に時間も必要だもの」

「それはまあ、気持ちは解るな。最近面接の頻度も増えてきたし、さらに増えるようなら俺も

「そうね、一昔前と比較すると信じられないわ。ナトラで働きたいって人がこんなに増えるなんて」

時間の確保が難しくなるかもしれん」

かつて金無し人無し資源無しの三拍子《びょうし》であったナトラ王国。

それが最近はどうだ。戦争で連戦連勝、新たな領地や金鉱山、不凍港なども手に入れた。ウェインの名声も上がる一方だ。その熱気によって、凍り付いていたナトラの看板が溶かされ、ついには一旗揚《ひとはた》げようとする人材も呼び寄せるようになったのである。

「この前は南のパトゥーラとの交易協定も締結したしな。さらに水夫や製造技術の供与までしてくれるオマケつきだ。また人が増えるぞこれは」

「今思えばなかなかふんだくったわよね」

「合意の上の正当な対価だからセーフ！」

俺は悪くないです、と言い張るウェインに、はいはい、とニニムは苦笑。

「まあ、何にしても今のナトラは良い感じってことね」

ウェインは頷く。

「そうだな。資金も増えた、人も増えた、資源も増えた！　そして俺はまだまだ絶好調！　もう何も心配はない！　俺達の国家運営はこれからだ！　完！」

「――と、締めくくれたら苦労はしないのよね」

ニニムはおもむろに三つの書簡を取り出した。

「これ、どうするか考えなきゃいけないわ」

「そうなんだよなあああああ！」

目の前に置かれた書簡を見て、ウェインは頭を抱えた。

何を隠そうこの書簡、それぞれ帝国第一皇子ディメトリオ、第二皇子バルドロッシュ、第三皇子マンフレッドから送られてきたものである。

その内容は、つい先日ディメトリオ皇子が宣言した、戴冠式にまつわるものだった。

「なかなか判断が難しいところよね、まさかこんなにも突然、戴冠式をやるだなんて」

「それだけ追い込まれてるんだろうなぁ、第一皇子の陣営が」

帝位を巡る三人の皇子による争いにおいて、第一皇子派閥の勢いが弱くなっていることは、ウェインもまた把握していた。なにせ失墜の契機となったのが、ミールタースでの一件なのだから、無関係というわけでもない。

そんな第一皇子ディメトリオが、突如として戴冠式を行うと宣言した。

本来ならば第二、第三皇子と決着をつけた後ですべき戴冠式を、その前に実施すると宣言したことは注目に値する。状況を踏まえて考えれば、ディメトリオの求心力の低下に歯止めがかけられず、もはやこの強行策に打って出るしか活路がないと判断したがゆえだろう。

そしてそれに伴《ともな》って第一皇子から届いたのが、この書簡だ。

内容は単純で、戴冠式を行うので出席して欲しい、という招待状だった。

「ディメトリオはあの性格だ。ミールタースのことは今も腹に据《す》えかねてるだろうに、それでもこんなのを送ってくるとはな」

「反省したのか、あるいは本当になりふり構っていられないかでしょうね」

恐らくはナトラ以外にも、貴族や国外の有力者に招待状を出していることだろう。

この戴冠式に出席するということは、ディメトリオの帝位を承認したということだ。その人数が多いほどに、ディメトリオは自身に権威があることを内外に知らしめられる。それを利用して自らに帝位の正当性があるとし、巻き返しを図ろうというのだ。

「それで、次に届いたのが第二皇子と第三皇子からの書簡ね」

ニニムが二通の書簡を手に取って口にする。

この二通の書簡の内容はほぼ共通していた。すなわち、ディメトリオの妄言《もうげん》に惑わされることのないよう、同盟国として静観を望む、というものだ。

「こっちはディメトリオとは逆に、俺の動きを牽制《けんせい》してるな」

「第一皇子の押さえ込み自体は自分達でできるから、外国からの不用意な干渉を避けたい――ってところでしょうね。特にウェインの手を借りたら、後々どうなることか解らないもの」

「おいおい、まるで俺が危険人物みたいじゃないか」

「そのつもりで言ったのだけれど」

ひどくなーい？　とのたまうウェインを差し置いて、ニニムは続けた。

「簡単に纏《まと》めるなら、第一皇子につくメリットは次期皇帝と先んじて懇意になれることよね。たとえ向こうに含むところがあったとしても、今の苦境でナトラが率先して第一皇子を次期皇帝として扱ったとなれば、皇帝になった後も無碍《むげ》にできないはずよ」

「ただし、皇帝になれればの話だな」

ウェインは横やりを入れる。

「戴冠式の宣言はディメトリオにとって最後の大博打《おおばくち》だ。招待状に皆が応じて成功すれば万々歳《ばんばんざい》だが、逆に誰も応じなければ、ディメトリオに人望や正当性がないと帝国中に知らしめることになる。そうして失敗すればもう二度と浮かび上がれないだろう」

「そうね、しかも第一皇子の味方につけば、当然ながら第二、第三皇子派閥とは敵対するわ。そして第一皇子が皇帝になれずに終われば、次期皇帝になる第二、第三皇子の不興を買ったという負債だけが残る。これがデメリットね」

「そんな状況だけは避けたいところだなあ」

呻《うめ》くウェインを横目に、ニニムは続けた。

「第二、第三皇子の要求に従った場合のデメリットは、当然ながら第一皇子から恨みを買うことね。第一皇子が勝ち残った場合、間違いなく敵視されるわ。メリットは帝国のゴタゴタを静観しながら、他のことにリソースを割けるってことかしら」

「正直最近の俺はかなり働き過ぎだと思うから、見世物《みせもの》と割り切って眺めてるのも良いかなって気持ちが結構ある」

「私もそんなウェインに仕事を山盛りで押しつけたい気持ちが結構あるわ」

「ニニムは俺をなんだと思っているのかな⁉」

「馬車馬《ばしゃうま》」

「人ですらないだと……⁉」

おののくウェインに、冗談よ、と告げた上でニニムは言った。

「実際のところ、ここは動かないのもありだと思うわ。第一皇子の味方につくのは、さすがに分が悪いもの」

「だよなあ」

伝え聞くところでは、ディメトリオ皇子の派閥は全盛期の半分ほどに落ち込んでいるとか。以前は三皇子の派閥の力が拮抗《きっこう》していたのだから、無惨《むざん》としか言いようがない失墜だ。しかもそんな有様《ありさま》で、第二、第三皇子を相手取って戴冠式を成功させようというのだから、無謀という感想しか出てこない。

「――とはいえ、だ」

ウェインは言った。

「こちらがどう動くか、結論を出すのはまだ早い」

これにニニムも同意を示す。

「ええ、まだカードは出揃《でそろ》っていないものね」

第一皇子ディメトリオ、第二皇子バルドロッシュ、第三皇子マンフレッド。

この三人の皇子達による帝国を巡る派閥争いには、もう一つ、密《ひそ》かな勢力が存在することを二人は知っていた。

「——失礼します」

その時、ノックの音と共に官吏が執務室に顔を出した。

「殿下、今し方、ロウェルミナ皇女の使者がお見えになりました」

これにウェインとニニムは顔を見合わせ、頷いた。

「解った、すぐに行く」

官吏を下がらせ、ウェインは立ち上がる。

「丁度来たみたいだな、最後の選択肢《カード》が」

「ロワはどう出てくるかしら?」

「さて、少なくともこの一件、見世物として眺めてるつもりはないだろうな」

疑問の答えはすぐに得られることだろう。

ウェインとニニムは使者の待つ場所へ向かった。

◆◇◆

「ご無沙汰《ぶさた》しております、摂政殿下」

使者としてウェインとニニムの前に現れたのは、ロウェルミナの従者、フィシュ・ブランデルであった。

「摂政殿下におかれましては、大陸の東西はおろか南の海においても才気を発揮されたと耳にしております。殿下の八面六臂《はちめんろっぴ》のご活躍に、一人の人間としてひたすらに感服する次第です。ますますのご隆盛、心よりお祈り申し上げます」

格式張ったフィシュの挨拶に、ウェインは鷹揚《おうよう》に頷いた。

「そちらも息災《そくさい》なようで何よりだ、ブランデル殿。何度も足を運んでいるとはいえ、帝国からナトラまでの旅路《たびじ》はやはり骨が折れただろう。逗留《とうりゅう》先は用意してあるゆえ、この会談が終わり次第、ゆっくりと休まれるといい」

「殿下のお心遣い、ありがたく頂戴《ちょうだい》いたします」

応じながら、フィシュは微笑《ほほえ》みを浮かべた。するとウェインも小さく笑う。二人の笑みは儀礼的なものではなく、ごく自然に零《こぼ》れたものだった。それをもたらしたのは、両者の胸に同時によぎった、懐かしき日の記憶だった。

「思えば、二年以上も前になりますか。摂政殿下と初めて会談の場を設けさせて頂いたのは」

「ああ、もうそんなになるか」

かつて、父王オーウェンが病に倒れ、ウェインは急遽《きゅうきょ》摂政に就任することとなった。その際の最初の大仕事が、当時帝国大使だったフィシュとの会談である。

「あの頃とは随分と状況も様変わりしたものだな」

「そうですね、当時の私が知ればとても信じられないでしょう。ナトラの躍進も、そして私の立場の変化も」

「確かに貴殿がロウェルミナ皇女に仕えるようになって、それなりに時間も経《た》っているな。……これは個人的な興味だが、ブランデル殿から見て彼女はどうだ？」

「もちろん素晴らしい御方です」

フィシュの返答は淀《よど》みなく、本心からのものだった。

「私も以前は女だてらに大使を務めていた身。才媛《さいえん》と扱われることもありましたが、皇女殿下のお側で過ごすようになって、真の才媛とはこの御方を指すのだと実感した次第です」

「それほどどか。私が摂政に就いてから二度会ったが、磨きがかかるばかりのようだな」

「まさしく。皇女殿下のお立場も、取り巻く状況も、あの御方の才気を輝かせるのにうってつけと言えましょう」

それからフィシュは小さく笑って、ないしょですよ、というように唇に指をあてた。

「もちろん殿下も一人の人間であらせられますから、ふとした所で愛嬌《あいきょう》を見せられることもございます。最近などはお召し物で一悶着《ひともんちゃく》を起こしたりと」

「ほう、興味深いな」

「ふふ、残念ながらこれ以上のことを私の口からは」

そのような会話を耳にしながら、なるほど、と背後に控えるニニムは思う。ロウェルミナの評はあくまでもフィシュの主観であり、どこまで実態に即しているかは解らないが――少なくとも、ロウェルミナとフィシュの主従が、良好な関係を築いていることは間違いないようだ。

そしてロウェルミナは、そんな大事な部下を、こうして北の辺境に送り出しているのである。

(この意味は重いわよ、ウェイン)

(ああ、解ってる)

そっとウェインとニニムは視線で意志を交わす。ロウェルミナは重要な手札の一枚をここで切ったのだ。この会談で利を得られると考え、そして利を得るつもりということである。

「――それで、今日はロウェルミナ皇女から言伝《ことづて》を預かっているとのことだったな」

ウェインが切り出した瞬間、弛緩《しかん》していた空気が張り詰めた。和《なご》やかな挨拶の時間は終わりを迎え、ここからが本番になる。

「はい。既にご存知のこととは思いますが、アースワルド帝国第一皇子ディメトリオ様が先日布告された戴冠式についてのことです」

居住まいを正しながらフィシュは言った。

「帝位継承を巡る三人の皇子の争いについて、我が主、ロウェルミナ殿下はかねてより話し合いによる解決を主張してきました。ですがこの布告は第二皇子、第三皇子と話し合いをすることなく行われた一方的なものです」

「間違いなくバルドロッシュ皇子とマンフレッド皇子は反発するだろうな」

「仰《おっしゃ》る通り、既に三人の皇子は軍を率いて動き出そうとしています。これまで紙一重で回避されてきた皇子達による全面戦争が、ついに始まるかもしれないと、ロウェルミナ殿下は心を痛めている次第です」

多分そこまで痛めてないだろうな、とウェインは思ったが口にはしなかった。

そんなウェインに向かってフィシュは言った。

「皇子殿下達が帝国の利益《りえき》ではなく、自らの野心のために内乱も厭《いと》わず動いているのは明白。つきましては、この騒動を一刻も早く収束させるため、是非《ぜひ》ともナトラに助力をお願いしたくこうして馳《は》せ参じた次第です」

「ほう……」

意外だ、というのがウェインの素直な感想だった。予想では、第二、第三皇子と同じく、ロウェルミナもこちらの動きを牽制してくるとウェインは考えていたのだ。まさか真っ向から皇子達への批判を口にし、さらには自分達の味方につけと要求されるとは。

（もちろん協力を求めてくる可能性も考慮はしてたが……その名目が騒動の収束のためとはな。

まさか本当に丸く収めるつもりなどないだろうに）

実際のところ、戦いはディメトリオの戴冠式云々の先にあるとウェイン達は見ていた。まずディメトリオの敗北は必至。どういう過程を辿《たど》るにせよ、彼の戴冠式は失敗に終わり、第一皇子は歴史の表舞台から消えることになるだろう。

問題はその後だ。第一皇子派閥の人間が、旗頭を失ったことで浮いた駒《こま》となる。派閥の大きさが国内の影響力に直結する以上、その駒はバルドロッシュ、マンフレッド、ロウェルミナの三人にとって垂涎《すいぜん》の的だ。

故《ゆえ》に、いかにして競合を出し抜き、その浮いた駒を手に入れるか。それこそが此度の騒乱の、本当の戦いになる。

（……そして、その勝負に外国を関《かか》わらせたくないのはロワも同じのはずよね）

ウェインの背後で、ニニムも考えを巡らせる。

（下手《へた》に手を借りれば、後々干渉される名目になりうるもの。なのにあえて手を借りに来たということは、そうせざるをえない事情がロワの陣営にあるのかしら……）

あるいは、それらとは全く別の狙《ねら》いがあるのか。

ウェインとニニムはフィシュの表情を窺《うかが》うが、彼女は穏やかな微笑を浮かべるばかりで、心の底にどんな思惑を抱えているかは見えてこない。

「……助力というが、具体的にどのようなことをしろと？」

探りを込めたウェインの問いに、フィシュは淀みなく応じる。

「摂政殿下もご多忙であることは存じております。また、ナトラの力はナトラのために使うのが道理というもの。ゆえにただ一つ、平和的解決を望むロウェルミナ皇女殿下に対する支持を表明して頂ければと」

このフィシュの要求に、ニニムは内心で頷いた。

(どんなに協力が欲しいとはいえ、過干渉は望んでいないってことね。だから支持の表明なんて、言わば名義貸しを求めるに留まると)

ウェインが摂政に就任して間もない頃だったなら、ナトラの支持など何の影響もなかっただろう。しかし今は違う。フィシュが語った通り、ウェインの活躍もあって今のナトラは大陸全土が注目する国だ。そこから支持を得られることは、十分な価値を持つ。

(要求としては無難なところね)

と、ニニムは納得を得る。

――が、ウェインはそこに違和感を抱いた。

(踏み込んできた割に、要求が弱いな)

まさか兵を出してくれとまでは言うまいと思っていたが、それにしてもフィシュというカードを切りながら支持の要求だけとは、些《いささ》かアンバランスのように思える。

(何か別の狙いがあるように感じるが……断言するには判断材料が足りないか)

現状ではどう頭をひねっても結論は出てこない。

ならば、とウェイソは意識を切り替える。

（現状を纏めれば、第一皇子につけばハイリスクハイリターン。第二皇子と第三皇子の要望通りに静観すればノーリスクノーリターン。そしてロワを支持すればローリスクローリターンってところか）

選択肢はこの三つ。ノーリスクでハイリターンの選択肢があれば最上なのだが、当然ながら、そんな都合のいいものが転がり込んでくるわけもない。

ウェインとフィシュの視線が重なる。互いに不動。僅《わず》かな挙動からも自らの意志を悟られまいと、風のない水面のごとく平坦《へいたん》に、二人は向かい合う。

沈黙はどれほど続いたろうか。張り詰める緊張の糸が悲鳴を上げそうになった時、ふっとウェインが小さく笑った。

「そちらの要求は解った。そういうことならば全面的に協力したいと思う」

ウェインの返答に、フィシュは喜びを露《あら》わにした。

「感謝いたします、摂政殿下！　ナトラの支持を得られたとなれば、ロウェルミナ皇女殿下はもちろん、皇女殿下に付き従う者達も沸き立ちましょう！」

「喜んでもらえて何よりだ」

ウェインは頷き、それから言った。

「しかし、だ。少し早合点《はやがてん》だな、ブランデル殿」

「はっ……？　早合点とは」

「私は協力したい、と言ったのだ。協力する、ではなくな」

「っ――――」

フィシュは目を見開き、一瞬にして警戒心を身に宿した。

そんな彼女に向かってウェインは続ける。

「同盟国の摂政として、また良識ある一人の人間として、平和的解決を望むロウェルミナ皇女の想《おも》いには感銘を受ける。しかしながら、ロウェルミナ皇女とその派閥の現況について、こちらはあまりにも情報が少ない。あるいは、こうも思うのだ。ロウェルミナ皇女は聞き心地の良いことだけを口にして、実際は帝国を混乱に陥《おとしい》れようとしているのかもしれないと」

「そ、そのようなことは！」

思わずフィシュは席を立ちかけたが、それをウェインは手で制した。

「無論、私もロウェルミナ皇女が今も平和のために邁進《まいしん》していると信じたい。だが歴史を紐解《ひもと》けば、賢君として持て囃《はや》された為政者が、時と共に暴君へと転がり落ちる事例など山ほどあるだろう？」

「それは、仰るとおりですが……」

言うなれば、ロウェルミナは信じて自分に投資しろと主張し、ウェインは信じられないから投資できないと突っぱねた形だ。無論、ウェインも実際には交渉を打ち切るつもりはない。一度撥《は》ねのけることで、向こうの出方を探るための駆け引きである。

もっとも、ウェインがそうやって揺さぶりをかけてくることは、フィシュとて予想していただろう。ゆえに彼女はたっぷりと考え込んだ振りをした後、さも重大な決断であるかのような口ぶりで切り出した。

「でしたら、恐れながら一つご提案がございます」

「聞こう」

「──皇女殿下のおられる帝都へ、摂政殿下にお越し頂くというのはどうでしょうか？」

ほう、とウェインは小さく呟《つぶや》いた。

そんな彼に向かってフィシュは続ける。

「摂政殿下のご懸念《けねん》は尤《もっと》もです。さりとて私がここで万言《まんげん》を尽くしたところで、ロウェルミナ皇女殿下の清廉さを証明することは叶《かな》わないでしょう。ならば摂政殿下の目で、耳で、直《じか》に確かめて頂くのが最善かと愚考する次第です」

「なるほど……確かに私の懸念を解決したければ直に確認するのが一番だな」

頷き、それからウェインは笑う。

「そして、私にとっては確認しに行っただけであっても、世間からみれば私がロウェルミナ皇女の窮地に馳せ参じたように映る……ということかな、ブランデル殿」

「さて、それは余人《よじん》が解釈することですので、私からはなんとも」

いけしゃあしゃあとフィシュは微笑む。

その態度を見て、ウェインはむしろ愉快そうに言った。

「いいだろう、そちらに不都合がないのであれば、ロウェルミナ皇女殿下に会うために帝都へ向かおうではないか」

「おお……！」

フィシュは会心の笑みを浮かべた。

「ロウェルミナ皇女殿下も、摂政殿下が来訪されるとなれば、さぞお喜びになられることでしょう。すぐに本国へ連絡いたします」

「ならばその返事が届き次第、こちらも出立のために備えるとしよう。……どうやら前回と同じく、笑顔で握手をかわせそうだな、ブランデル殿」

「帝国の市民として、両国の友情の一助となれたことを誇らしく思います、摂政殿下」

かくして、ウェインとフィシュは笑顔を浮かべながら握手をかわした。

ナトラ王国王太子ウェインの、電撃的な帝国訪問が決定した瞬間であった。

◆◇◆

「──それで、良かったの？」

フィシュとの会談が終わった後、執務室に戻ったウェインにニニムは問いかけた。

「ウェインも自分で言ってたけど、支持を表明するだけでなく直接会いに行くともなれば、完全にロワ派閥だと認識されるわよ？」

「良くはない。が、仕方ない」

ウェインは肩をすくめる。

「こちらとしてはだ。誰が皇帝になるか完全に決まった段階で、その次期皇帝にナトラを同盟国として尊重せざるをえない恩を押しつける、ってのが理想だろう」

即位が決まる前にどこかに肩入れして、その肩入れした先が失脚すれば大きな損失だ。安全を考慮するのなら、やはり即位が決まった後に介入するに限る。

「けれど当然ながらそんな上手《うま》くは運ばないわけよね」

「そうだ。皇子側からすれば即位にあたって周辺諸国に借りなんて作りたくないし、まして即位が決まった段階で恩を押し売りしてくる手合いなんて、断固として撥《は》ねのけたいわけだ」

第二皇子と第三皇子からの書簡はまさにその象徴だ。

国内のことは国内で片付けたい。それはほとんどの国の人間にとって共通する思いだろう。

「第一皇子ディメトリオの失脚はもう揺るぎないとして、俺の予想だとここから帝位争いは加速する。誰が今回の騒動で一歩抜きん出るにせよ、即位までにナトラが介入するチャンスはそう多くないと見た」

「だから今回はロワを選ぶ、と」

第一皇子は論外、第二と第三は介入を拒絶している。今回の騒動に関わるのなら、消去法でロウェルミナ側につくしかないというわけである。

「ちなみにだけど、ロワを皇帝に推すのでいいの？」

「と、見せかけておいて、弱みを集めるだけ集めて第二皇子、第三皇子に鞍替えもありだ」

「あくどい」

「賢いと言ってちょうだい」

「賢《あくど》い」

「それならよし！」

「いいんだ……」

呆《あき》れるニニムをよそに、ウェインは言った。

「俺の帝都訪問でナトラがロワ派閥として扱われるのは間違いない。ただ、俺もしばらく帝国から離れていたから、今の帝国がどうなっているのか解らない部分もある。実際に誰を推すのかは、その辺りも見極《みきわ》めてからだな」

「帝国の現況や各派閥について調べるために、今回の訪問を利用するってわけね」

「どこまで調べられるかは解らないけどな」

ウェインは苦笑を浮かべながら腕を組む。

「なにせ俺が摂政になってからナトラはだいぶ大きくなった。帝国側からも色々と警戒もされてるだろう。道中もできるだけ秘密裏に移動する必要がある」

「ましてあのロワだものね。十中八九、ウェインを嵌《は》める仕掛けを用意して待ってるわ」

ウェインは頷く。ロウェルミナは大いなる野心と知謀を持つ傑物《けつぶつ》だ。彼女とは友人関係ではあるが、だからといって遠慮や容赦をしてくることは無いだろう。

（会談で抱いた違和感の答えはまだ出ていない。俺の帝都訪問の裏に、ロワの本当の狙いが隠れているはずだ）

なんとも厄介《やっかい》な友人だ、と思う。恐らくは、向こうも同じことを考えているだろうが。

「ま、いいさ」

ウェインはふっと肩から力を抜く。

「罠《わな》があれば食い破るだけの話だ。幸い本番はディメトリオの敗北からになるしな。それまで猶予は十分にある」

「そうは言うけれど、もしもディメトリオ皇子が勝ったらどうするの？」

「まさか、そんな可能性は考慮する価値もないな」

ニニムの慎重な意見をウェインは一蹴した。

「この状況でディメトリオ側についてる人間は、余所に乗り移り損ねたノロマか、情勢を見極められない大間抜けだ。派閥の頭数にはなれても、窮地《きゅうち》を脱する才気なんて持ち合わせちゃいない。そんな連中がいくら集まっても、天地をひっくり返すことなんてできないさ。万が一そんなことになったら、鼻でジャガイモを食ってもいいぜ」

「また懐かしい芸風を持ち出したわね」

「それぐらいありえないってこと」

考えるべきは、ディメトリオが失脚した次に起きるであろう三勢力の争い。

そこでどう立ち回り、こちらにとって最善を得るか。ディメトリオと違い、この争いに参加する三人は本人も派閥も油断できない。決して楽な戦いにはならないだろう。

「――だが、何が待ち受けているにせよ、勝ち上がるのはこの俺だ」

ウェインは言った。

「バルドロッシュ、マンフレッド、ロウェルミナ……ディメトリオという泥船《どろぶね》が沈む様を眺めながら、三人がどう動くのか、じっくりと見極めさせてもらおうじゃないか」

自らの才気に対する圧倒的な自負を胸に、ウェインは力強い笑みを浮かべた。

◆◇◆

――そして、現在。

「意気揚々《いきようよう》と帝都に出発した私達は、こうして第一皇子の陣営にいると」

「どうしてこうなったああああああああ!?」

頭を抱えながら、ウェインはあらん限りの叫びを発した。

◆◇◆

王太子ウェイン率いる使節団、ディメトリオ軍と合流す。

その報せ《しら》は瞬く間に他の陣営の下に届けられた。

「馬鹿な!?　ナトラがディメトリオについただと!?」

報告を受けて思わず席から立ち上がったのは、武闘派で知られ、多くの帝国軍人から支持される第二皇子バルドロッシュだ。

「間違いではないのか!?　ロウェルミナならば解るが、ディメトリオだぞ!?」

「はっ、私も何度も確認致しましたが、間違いございません。確かにウェイン王子はディメトリオ皇子と共にベリダに駐留しております」

信頼する部下にそう断言されては、いかに不可解な事態であろうとも受け入れざるをえない。

バルドロッシュは唸《うな》りながら言った。

「ぬう……あの王子のことだ、伊達《だて》や酔狂《すいきょう》でディメトリオの味方になることなどあるまいが」

「はい、何かしら策を弄《ろう》してくる可能性は十分にあるかと。殿下、如何《いかが》なさいますか」

バルドロッシュはしばし懊悩《おうのう》した後言った。

「……こちらの予定は変えん。ただしディメトリオ軍の動向には常に気を配れ」

「かしこまりました」

指示を出すため部下が離れていくのを横目に、バルドロッシュは呟いた。

「一体何を考えている、あの男……」


「本当に、何を考えているんだろうね、彼は」

悩ましげに唸るのは第三皇子マンフレッドだ。三男という立場でありながら、帝国の新興貴族の多くを味方につけることで、他二人の皇子と渡り合う勢力を築いている。

「あの策略家のことだ。私やバルドロッシュが自重を求めたところで、何かしら裏で動くだろうとは思っていた。だからこそ理解ができない。ここまで表立って、しかもあの第一皇子につくだなんて、いくらなんでも博打《ばくち》がすぎる」

そこまで口にしてから、マンフレッドは傍《かたわ》らを見やる。

「君はどう思う？　ストラング」

視線の先に立っていたのは一人の少年だ。見るからに文官然とした体軀《たいく》の彼の名はストラング。マンフレッドの側近の一人にして、ウェインの友人の一人でもあった。

「殿下の仰る通り、今のディメトリオ皇子に味方するのは大いなる危険を孕《はら》みます。されど、もしも乗り切ることができれば、ディメトリオ皇子とウェイン王子は不朽《ふきゅう》の絆《きずな》で結ばれることでしょう」

「リスクはあるがリターンもある。そしてリターンを勝ち取る自信があるからこその行動、と君は見立てるわけか」

「はい。そもウェイン王子は博打を好みません。傍目《はため》には無謀な賭《か》けに出ているように見えても、綿密に勝ち筋を用意しているのが彼のやり口です」

そこまで言ってから、ただし、とストラングは肩をすくめた。

「ウェイン王子は奇妙な運勢を持っていますので、予期せぬ事態によってディメトリオ皇子の味方をせざるをえなくなってしまった、という可能性もございますが」

「予期せぬこととは？」

「申し訳ありません。そこまでは」

「ふむ……」

マンフレッドは思案の顔になるが、やがてそれを振り切るように言った。

「まあいい。何にせよ、ナトラは私やバルドロッシュと敵対する道を取った。ならば敵として、打ち破るのみだ」

「あの男の真意が読めぬ……」

薄暗い部屋でそう思い悩むのは第一皇子ディメトリオだ。徳と才に欠けるものの、長男という生まれから、保守派の貴族の根強い支持を受ける男である。

「あれは果たして本当に私の味方をしにきたと思うか？」

主君の問いに、控えていた配下は恭《うやうや》しく応《こた》えた。

「はっ。油断はできませぬが、殿下の皇帝即位に協力する意図はあるかと存じます」

「奴《やつ》は以前ミールタースにおいて、卑劣にも他の皇子達と結託して私を貶《おとし》めたのだぞ。なのになぜこの期《ご》に及《およ》んでこちらにつくというのだ」

味方について欲しいという書簡をナトラに送ったのは事実だが、実際に味方になるとは露《つゆ》ほども思っていなかったのは、ディメトリオを筆頭として陣営全員に共通していることである。

恐らくは静観、あってもロウェルミナにつく——そう考えていたところで、まさか本人が直接乗り込んでくるとは、予想外にも程がある。

もちろん、彼がこちらについたのは喜ばしい事である。が、やはりその根底にいかなる思惑があってのことか、考えずにはいられない。

「推測の域ではありますが、殿下と関係修復を図るのならば、今をおいて他にないと考えたのではないかと。ナトラと帝国の同盟を承認したのは今は亡き皇帝陛下。その第一子たるディメトリオ皇子が即位をされるとなれば、同盟国として馳せ参じるのは当然になります」

「むう……私についたというよりも、帝国の慣例を尊重して動いたということか……？」

ディメトリオは納得しかねるという表情で腕を組む。

そんな主君に向かって、配下の男は慎重に口を開いた。

「……あるいは、これは妄想と言っていいかもしれませぬが、今になって思えば、ミールタースの件はこの時のために練っていた計画やもしれませぬ」

「どういうことだ？」

「即位にあたって他国の協力を得たとなれば、否応にもその国との繋《つな》がりに縛られます。我が陣営も、今ほどの苦境に立たされなければ、極力回避したことでしょう」

「……私が即位に踏み切り、他国へ協力を求めることを見越して、ミールタースで私を陥れたということか⁉」

「無論、あくまで可能性でございますれば……」

部下は可能性として留めようとするものの、ディメトリオはそれが大いにありうると感じた。なにせあの男は、一度は関係が拗《こじ》れた相手の陣営に、僅かな供を連れて現れたのだ。よほど今の状況を掌握する自信がなければ、こんな無謀ともいえる行動には出まい。

「化け物め……！」

許されるのならば今すぐ八つ裂きにしたいところだが、そんなことをすれば、諸侯からの信頼を失う。向こうもそれが解っているからこそ、我が物顔で軍と行動を共にしているのだ。

「……だが、好きにはさせんぞ」

ディメトリオは吐き捨てる。

「こちらを可能な限り利用する腹づもりなのだろうが、侮るなよ。貴様ごとき、私が逆に食い尽くしてくれるわ……！」

「──なんて、どこの陣営も色々考えてるんでしょうね」

「勘違いなんですけどおおおおおおおおおお！」

ニニムの言葉に、ウェインは宛《あて》がわれた部屋で七転八倒《しちてんばっとう》しながら叫んだ。

「違う！　違うんだよ！　こんなはずじゃなかったんだよ！」

「本当に、まさかこんなことになるなんてね……」

喚《わめ》くウェインの横でニニムは深く嘆息する。

フィシュとの会談からしばらく。ロウェルミナの快諾《かいだく》によってウェインの帝都訪問が決定し、速《すみ》やかに帝国へ向けて使節団の出発準備は進められた。

これが西側の国ならば、礼を失さぬよう相手国の文化を入念に確認する必要もあるが、元より同盟国であるナトラは帝国文化への造詣が深い。準備は滞りなく完了し、ウェインを代表とした使節団は出発した。予定より二日早い、順調なスタートだった。

ただし訪問とその日程については、実際に帝都に到着するまでは伏せるという意見でウェインとロウェルミナは一致した。今の帝国の情勢で「そっち行くよー」などと宣言してのこのこと向かえば、他の派閥からどのように妨害されるか解ったものではないからだ。

しかしその方針が裏目に出る。帝国内にあるベリダという街に差し掛かった時に、使節団は同じタイミングでベリダに接近する兵団と遭遇したのだ。

帝国旗を掲げるその集団を見た時、ウェインは暢気《のんき》に「ロワが迎えでも寄越したのか？」などと考えた。しかし帝国旗の奥に掲げられたもう一つの旗を見て、彼の顔は青ざめる。

何を隠そう、その旗は第一皇子ディメトリオの旗だった。すなわち、使節団から目と鼻の先にいるかの兵団こそ、即位のため行軍していたディメトリオ軍だったのだ。

そして気づいた時にはもう遅い。使節団はすぐさま捕捉され、ウェインはナトラの使節団であることを明かし、ディメトリオと面会する他になかった。

『――それで、貴様はここに何用で訪れたのだ？』

あるいはディメトリオが即位宣言を行う前であれば、ウェインは素直にロウェルミナに招待されて帝都に向かう途中であると答えることもできただろう。

だが今のディメトリオは最後の博打に出ている最中だ。外国の王太子が敵対派閥の元に向かっていると知れば、凶行に走る可能性は十分にある。

ゆえにディメトリオの問いを受けたウェインは、こう答える他になかった。

『無論、貴殿に協力するために馳せ参じたのだよ、ディメトリオ皇子――』

かくしてウェイン達は、ディメトリオ軍と共にベリダに駐留することになったわけである。

「ぬおおおおああああああ！　どうしてこうなったあああああ！」

「よりにもよって第一皇子だなんて、最悪としか言いようがないわよね……」

ニニムはもう一度深く息を吐いた。これが第二皇子バルドロッシュや、第三皇子マンフレッドであれば、また話は違ったろう。しかし遭遇したのは、ウェインをして失脚は不可避と考える帝国最大の泥船、第一皇子ディメトリオなのだ。

「掲げられてたのが帝国旗だからって油断しなければあああああああ！」

おかげでウェインはずっとこの調子である。

（……とはいえ、このままにしておくわけにも行かないわね）

ニニムとしても主君の気持ちは痛いほど解る。時間が許すなら気が済むまで主君を七転八倒させてやりたいが、そうもいかない。家臣としての役割を果たすべく、彼女は口を開いた。

「ウェイン、ともかく方針を決めましょう。これからどうするか」

「やだ！　もう何も考えずに半年くらい冬眠する！」

「クマじゃないんだから」

「じゃあ今日からクマになるガオ！」

「相当参ってるわねこれは……」

普段からウェインの尻《しり》を叩きなれているニニムだが、ここまで往生際が悪いのは久しぶりである。よほど今回のアクシデントが衝撃だったようだ。

「ウェイン、気持ちは解るけれど、こればかりは事故みたいなものよ。割り切るしか」

「――事故じゃない」

スッと、ウェインの顔が一瞬にして鋭くなった。

ニニムは驚きで瞳《ひとみ》を揺らす。事故ではない。そう語るウェインの表情は忌々《いまいま》しそうで。苦々《にがにが》しげで。そして少しだけ――楽しげだった。

「これは偶発的に起きたことじゃない。意図された状況だ。だから厄介《やっかい》なんだ」

ウェインの口ぶりには確信が込められていた。だからこそニニムは戸惑いを隠せない。

「待ってウェイン、一体どういうこと？」

「俺とディメトリオを鉢合《はちあ》わせさせて、ディメトリオ側につかせる。そういう計画が裏で動いてて、見事嵌《はま》まったんだ、俺が」

ウェインは天を仰《あお》ぐ。

「完全にしてやられた……まさかこの段階で、こんな大胆な策に踏み切ってくるか」

歯噛みしながらそう独りごちるウェインに、理解が追いつかないニニムは問いを重ねた。

「何のために……いえ、そもそも誰がそんな計画を立てたっていうの？」

「誰が、かは簡単だ。いるだろ、一人。帝国内の各勢力の動きに精通していて、かつ俺達使節団の伏せられているスケジュールや移動経路を把握している人間が」

「……まさか、それって」

ウェインは頷き、言った。

「やってくれるぜ、ロワの奴。罠《わな》を用意して帝都で待っているどころか、帝都訪問の提案自体が罠だったとはな――」


「ナトラ王国は大きくなりすぎました」

皇宮の一室で、ロウェルミナは紅茶を口にしながらそう言った。

「元来、ナトラは東西を結ぶ公路の一つがある重要な立地。大陸統一を狙う帝国がそこに手出しせずにいたのは、ひとえにナトラとの友好関係と、いつでもナトラを征服できるだけの国力差があったからです」

ロウェルミナは続ける。

「しかしウェインが摂政になってからというものの、ナトラは飛躍的に領土を拡張し、西側とも友好関係を結びつつあります。これは帝国にとって非常に不都合です」

「ですが殿下、国力から言えばナトラは今も帝国の相手ではないのでは？」

横合いから質問するのは同席していたフィシュだ。

「そうですね、しかしそれは現段階での話です」

淀みなくロウェルミナは応える。

「これから先、ウェインが健在である限り、どれほどナトラが強大になるか想像もつきません。それこそ私が女帝として帝国を纏めた頃には、ウェインが西側の覇者になっている可能性もある、と私は見ています」

「それは……」

北の小国の王子が大陸の半分を手にする。普通ならばありえないと一笑に付すところだが、フィシュはそうしなかった。いや、できなかったと言っていい。ウェインの持つ規格外の能力について、身を以《もっ》て知っているからである。

「ではその勢いをそぎ落とすためにも、今回の計画を練られたわけですね。――ディメトリオ皇子という泥船に、ウェイン王子を無理矢理乗せるという計画を」

以前ウェインは、この争いでディメトリオが敗北し、崩壊したディメトリオの派閥の人員をバルドロッシュ、マンフレッド、ロウェルミナの三者で奪い合う戦いになると予測した。

しかしロウェルミナの予想はその少し先を行く。三人での奪い合いになった場合、自分が負けると彼女は確信していたのだ。

ロウェルミナは帝位争いについて、話し合いによる平和的な解決を第一の主張にしている。そのため他の皇子達と違って、表立った武力を持っていない。第二皇子と第三皇子が武力で第一皇子派閥を解体吸収した場合、そこに割って入ることが難しく、そしてバルドロッシュとマンフレッドは、間違いなくそれをやるだろうとロウェルミナは考えていた。

ならばどうするかと思案したところで、彼女の頭脳に悪魔的な閃《ひらめ》きが浮かぶ。

それは、ディメトリオとウェインを組ませ、バルドロッシュとマンフレッドと食い合わさせるというものであった。

「そうですね。ディメトリオだけで戦えば、まず二人の皇子に勝つことはできないでしょう。ですがウェインがディメトリオ側に加われば、話は違います」

「ディメトリオ・ウェイン対バルドロッシュ・マンフレッド……敗者は当然として、勝者も相応のダメージを負うでしょう。そして疲弊したところを我らが狙うと」

フィシュは納得して頷きつつ、しかし、と続ける。

「この作戦には疑問があります。そも、本当にウェイン王子はディメトリオ皇子と共闘するのでしょうか？」

「しますよ」

ロウェルミナは迷いなく断言した。

「これはウェインの性分です。彼は負債《マイナス》を得た時に、負債《マイナス》のまま清算しようとせず、負債《マイナス》を利用して資産《プラス》に転じようとします。泥船に乗った以上、降りることはせず、泥船で岸まで辿《たど》り着こうとするでしょう」

士官学校時代、散々見てきたウェインの性分だ。ロウェルミナにとっては自明の理である。

「ではもしもディメトリオ皇子を回避して、無事に帝都に到着していたら」

「その時は私との婚姻を改めて申し込んでいましたね」

にこっとロウェルミナは微笑んだ。

「訪問した時点で私の派閥についたと周知されますから、いっそさらに深い関係になる方が有利とウェインも考えるでしょう。本当は私が女帝という立場を得てから結婚の方が都合がいいのですけれど、現段階で彼に首輪をつけられるのならば、それはそれで価値はあります。……まあ、そうはなりませんでしたが」

ロウェルミナは続ける。

「それとフィシュ、先ほどどちらが勝つにせよと言いましたが、私の考えは違います」

「というと?」

「勝ちますよ。ウェインが」

ロウェルミナの言葉は確信に満ちていた。ウェインがついた時点で、ディメトリオは勝つ。彼女の中でその戦いの結末は、もはや決まっていることなのだ。

「そしてこの計画は、バルドロッシュとマンフレッドを下したウェインとディメトリオが、皇帝に即位できず敗北することで完成します」

これにより、ディメトリオの派閥の吸収と、ウェインが培《つちか》ってきた権威の失墜という二つの目的が成る。もちろんこれでウェインが仕留められるわけではないが、少なくとも、多少の足止めにはなるだろう。自分が女帝として君臨するまでに、これ以上のナトラの躍進を許すわけにはいかない。

ただし当然ながら、この計画の成就には極《きわ》めて難しい条件がある。

すなわち、バルドロッシュもマンフレッドもいない以上、ロウェルミナがウェインを倒さなくてはいけない、というものだ。

「全く、難敵ですね本当に」

今後の計画は練ってある。しかし相手はあのウェインだ。優しさと冷たさの二面性を持つ、恐るべき謀略の怪物。それを敵に回し、勝たなくてはいけないのだ。

「殿下、弱気になられる必要はございません」

主君の心を察したフィシュは口を開いた。

「少なくとも先手はこちらが取りました。向こうはまだ混乱のただ中にありましょう。ましてウェイン王子とディメトリオ皇子は完全な協力者ではないのですから、いかにウェイン王子といえど、打てる手は限られるはずです」

フィシュの指摘は正しい。ディメトリオという泥船、それも意のままに操《あやつ》れない船に乗せられたウェインは、間違いなく苦境に立たされている。有利なのはこちらのはずだ。だというのに不安が拭《ぬぐ》えないのは、ウェインの影に怯《おび》えているからか、あるいは――

「――失礼します！」

部屋に伝令が飛び込んできたのは、その時だ。

「今し方、フラーニャ王女率いるナトラの使節が到着されました！」

「はっ――――⁉」

ロウェルミナとフィシュは揃《そろ》って驚愕《きょうがく》の声をあげた。

「今頃《いまごろ》フラーニャは帝都に到着してる頃か」

ぼやくのに飽きたのか、あるいは単に疲れたのか、ようやく落ち着きを取り戻したとウェインがぽつりと呟いた。

「不幸中の幸いと言うべきかしらね。本当に保険が生きるとは思わなかったけど」

ニニムは言った。思い出すのは、ナトラから出立する前のことだ。

「フラーニャ殿下が率いる別の使節団を、少し遅れて帝都に出発させる……なんてね。こうなる前はさすがに無駄な一手に思えたけれど、予見してたの？　この状況」

「してたら逃げてる」

率直《そっちょく》な返答に、まあそうよね、とニニムは苦笑した。

「ただ、到着する前に妨害を受ける可能性は考慮してた。向こうが明らかに俺の帝都訪問を誘導してたし、そもそも帝位争いで帝国中に火種《ひだね》があるしな」

それゆえにフラーニャという手札をウェインは切った。何事もなければ兄妹揃ってロウェルミナの下を訪れ、より親密な関係であると周辺が認識するだけのことだ。

実際には事が起こり、こうしてウェインはディメトリオ派閥、フラーニャはロウェルミナ派閥の下に赴《おもむ》くことになってしまったのだが。

「ロワの狙いはナトラの代表である俺をディメトリオごと沈めることで、ナトラの権威に傷をつけることだ。だが王族であるフラーニャがロワのところに行けば、ナトラはディメトリオに肩入れしつつも穏健な解決も尊重しているというアピールになる」

「仮にこちらが負けても、多少は傷が浅くなるってわけね」

「根本的な解決にはならないが、やらないよりはマシの次善策ってところだな」

ただし、とウェインは続けた。

「ロワが俺の吹っかけた挑発に乗ってくれれば、話は変わってくる」

（対応が早すぎる……！）

王女フラーニャの帝都到着。

この報告を受けたフィシュは焦燥を露《あら》わにした。

ディメトリオ軍とかち合ってから準備したのでは間に合わない。恐らくはナトラでの会談の時点で、こちらの計画の片鱗を見抜かれていたのだ。

(紛《まぎ》れもなく私の失態だわ……)

話の運びか、表情か、あるいはさりげない所作、声の調子からか。理由は解らないが、何かしら察するところがあったのだろう。またもウェインに出し抜かれたことに、フィシュは口惜しげに唇を噛《か》んだ。

そして主君に自らの失敗を謝罪すべく視線を向けて——フィシュはぎょっとした。

反撃《カウンター》を受けたはずのロウェルミナが、不敵に笑っていたからだ。

「随分と挑発してくれるじゃありませんか、ウェイン」

「挑発……ですか？」

意味が解らず目を瞬かせるフィシュにロウェルミナは言った。

「フラーニャ王女を私の所に寄越したのは、自分が負けた時のナトラの権威への傷を浅くする狙いです。勝つためではなく負けを見越した対策。守備的、と言っていいでしょう」

ロウェルミナは続ける。

「ウェインにとってフラーニャ王女は重要な手札。それを守備に割かざるをえないということは、警戒こそすれど、こちらの動向を摑《つか》めずにいたことの証左。フィシュ、失敗したと気に病む必要はありません。むしろウェインをディメトリオに押しつけ、かつフラーニャ王女という大物を釣れたのは僥倖《ぎょうこう》です。よくやってくれました」

「はっ、はは！　もったいないお言葉です」

「──ですが」

ロウェルミナの瞳に鋭い光が過《よぎ》る。その冷たい輝きに、フィシュは思わず息を吞《の》んだ。

「私の欲張り具合によっては、このウェインの一手は極めて攻撃的なものへと変貌します」

「欲張り、ですか？　それは一体……」

「ナトラの王位継承権を持つ者が二人。片やディメトリオに、片や私のところに。私が勝てばディメトリオについたウェインの権威は落ちます。そして逆に、私についたフラーニャ王女の権威は向上するでしょう。もしもフラーニャ王女がナトラの利益となるような功績を持ち帰れば、さらに。……そうして二人の権威が近づけば、さて、どうなりますか？」

そこまで言われて、フィシュはロウェルミナの言わんとしていることを理解した。

「まさか、フラーニャ殿下にあえて功を与えることで、ナトラにおいてウェイン王子との派閥争いを引き起こすと⁉」

今のナトラはウェインという旗幟《きし》の下に統一されている。ウェインが頻繁《ひんぱん》に外国を行き来できるのも、足下が盤石《ばんじゃく》だからこそだ。

しかしウェインはあくまで王太子。未《いま》だ王に即位したわけではない。もしも妹の王女フラーニャを王位にと望む勢力が台頭し、国内が揺らぐことになれば、どうなるか。

「当人達がどれほど親密であろうとも王族同士。名声が近しいのならば派閥争いは生まれてしまうもの。無論、生半可《なまはんか》なことではフラーニャ王女の派閥がウェインを失脚させることなどできないでしょうが、それでもナトラの歩みを止める効果は期待できます」

「で、すがお待ちください。フラーニャ王女にそこまでしておきながら、もしも今回の争いでウェイン王子が勝ってしまったら……」

「兄は次期皇帝に貸しを作り、妹もまた功績を持ち帰る。ナトラは長い春を迎えるでしょうね」

フィシュはごくりと喉《のど》を鳴らした。

このことにあの王子が気づいていないはずがない。ロウェルミナが口にしたように、意図してフラーニャを送りつけてきたのだろう。

つまりウェインは、こちらに向けてこう言っているのだ。

『いやあお見事。初戦は負けたよ。本当にピンチだ。このまま負けちゃうかもしれないなぁ。だから──もっと賭け金を吊《つ》り上《あ》げようぜ』

(なんて人間……!)

苦境に立って守りに入るかと思いきや、あえて噛みつける隙《すき》を見せることで、逆に相手の喉笛《のどぶえ》を噛みちぎろうというのだ。まさに先ほどロウェルミナが口にした通り、負債《マイナス》を利用して資産《プラス》に転じようというのである。とても正気の沙汰《さた》ではないが、あのウェイン王子ならばやりかねないという納得があった。

「……状況は理解いたしました。それで、殿下は如何するつもりなのですか？」

問いを投げかけながらも、フィシュには主君がどう答えるのか解っていた。

「もちろん、全力で欲張りますとも」

ロウェルミナはにこっと微笑んだ。

「これ以降、帝位争いは加速します。ナトラが介入してくる機会も限られるでしょう。賭け金を吊り上げるというのであれば、逃す手はありません」

「…………」

炎だ、とフィシュは思った。ウェイン王子もロウェルミナ皇女も、揃って炎の性分を持っている。そして二つの炎が衝突すれば、どちらかは呑《の》み込《こ》まれるのだ。

ならば家臣としてできることは、主君の炎が呑まれないようより大きく、激しく燃え上がらせることのみである。

「さあフィシュ、すぐにフラーニャ王女の歓待の準備を。それと私の権限で開示できる技術や情報をリストアップしてください。フラーニャ王女への手土産《てみやげ》に何が相応《ふさわ》しいか、検討《けんとう》しましょう」

「ははっ！」

主君の指示に、フィシュは深く頷いた。

（……さて）

そうして次の方針に向かって動き出しながら、ロウェルミナは思う。今はディメトリオの下にいる、友人のことを。

（私がこうすることを、きっとウェインは確信しているのでしょうね）

そして事実、ウェインはこう思っていた。

（ロワは挑発に乗ってくるだろうが、現状で確信できるのはここまでだな）

（そう、本当に勝負はここからです）

（相手は強敵。さらに舞台には三人の皇子達もいる）

（ですが――）

（だが――）

（――最後に笑うのはこの俺だ／この私です））

ナトラ王国王太子ウェイン・サレマ・アルバレスト。

アースワルド帝国第二皇女ロウェルミナ・アースワルド。

三人の皇子達の骨肉の争いの裏側で、希代《きだい》の策略家二人による、史書《ししょ》には記されぬ戦いが始まろうとしていた。

第三章　必然の決着

「お腹《なか》一杯だわ……」

ゆっくりと進む馬車に揺られながら、舌が満たされた喜びと、胃が満たされすぎている苦しさで、フラーニャは顔を緩《ゆる》ませていた。

「食べ過ぎだ」

短くそう口にするのは、馬車に同席している護衛のナナキである。

「だってあんなに歓迎されたら、ちゃんと食べなきゃ失礼じゃない」

フラーニャは唇を尖《とが》らせる。

つい先ほどまで、彼女は帝都の皇宮にて皇女ロウェルミナの歓待を受けていた。饗宴《きょうえん》では食事の他にも音楽や文化財等が披露された。それらは帝国の底知れない器量を感じさせるもので、帝都では強気に振る舞おうと意気込んでいたフラーニャだったが、思わず圧倒されそうになってしまった。

「やっぱり帝国ってすごいのね。この都だって人が沢山《たくさん》いて」

馬車の窓から覗《のぞ》き見れば、活発に人々が往来《おうらい》しているのが解る。以前大陸中央のミールタースという都市に足を運んだことがあるが、それに勝るとも劣《おと》らない賑《にぎ》わいだ。

それでいて、商売という点で都市が統一されていたミールタースと違い、帝都グランツラールにはそういった都市方針のようなものは感じられない。ただひたすらに混沌《こんとん》としているという印象だ。

（でも、不思議とミールタースと同じくらい魅力を感じるわ）

混沌の中にある何かが、自分にそう感じさせるのだろうか。脈打つような力強さを確かに感じられる。

（というより……こうして比べてみると……もしかしてナトラって田舎《いなか》なのかしら）

ミールタースもグランツラールも、大陸で屈指《くっし》の繁栄を誇る都市だ。それを踏まえると、愛すべき祖国ナトラの都市は、こう、なんというか、寂《さび》れてるというか。

（い、いえ！　そんなことないわ！　お兄様が摂政《せっしょう》になってから、好景気だし、領地も広がったし、都市の人も増えてるって言ってたもの！）

そう、ここ数年のナトラが上向きなのは間違いない。

それを加味してもなお賑わいで負けているのも、間違いなさそうなのだが。

そんなことを思いながら、対面に座る従者に問いかける。

「ねえナナキ、ナナキはこの都市をどんな風に感じる？」

「護衛がしにくい」

　解ってはいたが、情緒の欠片《かけら》もない返答である。

「もう。他にないの？」

「隠れる場所は多そうだ」

「……」

　フラーニャは身を乗り出すと、抗議の意志を込めてナナキの頬《ほお》をつっついた。

「何をする」

「何でもないわ」

　そう言いつつも、フラーニャのつっつきが止まる気配は無い。どうやら主君の勘気に触れてしまったようだ、とナナキは思った。放《ほう》っておけばいずれ飽きるだろうが、ナナキはチラリと外を見やると、フラーニャに言った。

「……席に座った方が良い」

「ダメよ、これは主君の望むことを言えなかった罰だもの」

「後にしろ。——そろそろ到着する」

　言うや否《いな》や、馬車が一際《ひときわ》大きく揺れた。

　みゃあ、と鳴いてバランスを崩したフラーニャを、ナナキは素早《すばや》く抱き留めた。

「だから言っただろ」

「……むう」

フラーニャはナナキの腕の中で、つんとそっぽを向きながら言った。

「仕方ないわね、今回はこれで許してあげる」

「恐悦至極《きょうえつしごく》、と言うべきか？」

「必要ないわよ。降りましょ」

フラーニャは居住まいを正した後、先に降りたナナキに次いで馬車の外へ出た。

閑静なそこは、帝都におけるいわゆる貴族街という区域だった。周囲には大きな屋敷がいくつも建っており、市民の往来は数えるほどしか無い。

そして今、フラーニャ達は数多《あまた》ある屋敷の一つを前にしていた。

「――お待ちしておりました、フラーニャ殿下」

声はフラーニャの目の前。そこには複数の人間が立っていた。先頭に立つのは、他が従者然とした佇《たたず》まいの中で、威厳と気品のある物腰の男だ。

「お初にお目にかかります。この度ロウェルミナ皇女より、恐れ多くもフラーニャ殿下の供応《きょうおう》役《やく》の栄誉に与りました、サイラスと申します」

そう、ここは帝都滞在中のフラーニャの逗留《とうりゅう》先として、ロウェルミナが手配した館だった。

そしてサイラスと名乗ったこの男は紛《まぎ》れもない帝国貴族であり、館の方も彼が所有するものである。本来使節の逗留先には専用の迎賓館《げいひんかん》などが宛《あて》がわれるのだが、ロウェルミナはあえてここを手配した。

「サイラス卿自らの出迎え、心より感謝いたします」

フラーニャがそう一礼すると、サイラスは微笑《ほほえ》んだ。

「もったいなきお言葉。ウェイン王子のみならず、フラーニャ王女までも我が屋敷にお迎えできるとは、フラム人としてこれ以上無い誉れです」

サイラスの言葉通り、かつてウェインが帝国の士官学校に身分を隠して通っていた時期、彼はこのサイラスの屋敷に逗留していた。

フラム人であるサイラスと、フラム人を保護するナトラの王族であるウェインだからこそ結ばれた縁である。フラーニャがウェインを敬愛していることを知っているロウェルミナは、迎賓館よりもこちらの方が喜ぶだろうと配慮したのだ。

事実、ウェインが過ごしてきた屋敷に滞在できると知ったフラーニャは、諸手を挙げて喜んだ。

「サイラス卿、私の滞在中、ここで過ごしていたお兄様の様子を聞かせてもらえますか？」

興味津々《きょうみしんしん》といった様子のフラーニャに、サイラスは頷《うなず》く。

「もちろんです、フラーニャ殿下。されどまずは館の方へ参りましょう。立ち話ですませるには、些《いささ》か長い話になりますゆえ」

あら、とフラーニャははにかんだ。

「失礼しました。少し気持ちが逸《はや》ってしまったようです」

「なんの。どうやら両殿下は仲睦《なかむつ》まじいご様子。フラム人として喜ばしい限りです。さあ、どうぞこちらへ」

サイラスに促《うなが》され、フラーニャは館へと入っていった。

その胸のうちに、過去の兄への興味と、現在の兄への祈りを抱えながら。

◆◇◆

「状況を整理しよう」

ウェインは台の上に地図を広げながら言った。

「まず、ディメトリオの目的は皇帝に即位することであり、残る皇子達はそれを阻止《そし》するのが目的だ。そして帝国法において皇帝に即位するためには、いくつかの条件がある」

「皇帝の血を継いでいることが大前提。その上で、祖霊《それい》からの承認を受ける洗礼式と、帝都の民の前で即位を宣言する戴冠式が必要ね」

ニニムの言葉に、その通り、とウェインは頷く。

「洗礼式は大陸最大の湖、ヴェイユ湖のほとりにある都市ナルシラで行われる。次期皇帝はそこで洗礼を受けた後、南東の帝都グランツラールに向かうのが通例だ」

「話によれば、先代皇帝の即位の際にはナルシラとグランツラールの間の道行きに、皇帝を一目見ようと帝国中の人々が押しかけたそうね」

ナルシラとグランツラールの両都は、馬の足で数日の距離だ。その間をゆっくりと進むことは、集まった民衆への新たな皇帝のお披露目《ひろめ》という意味も兼ねている。

「で、となるとディメトリオとしては、まずナルシラに到着しなきゃいけないわけだ。そのために派閥の連中を動員し、自分達の領地から出発した」

ディメトリオと彼の派閥の領地は、主にナルシラの西側にある。都市ナルシラと領地の途中にあるのが、現在駐留している都市ベリダだ。ベリダからさらに東に進むことで、ナルシラに到着できる。

「けれどそのナルシラを現在、第二皇子バルドロッシュが占拠しているのよね」

ニニムは都市ナルシラの上に駒《こま》を置いた。

即位を行うというディメトリオの宣言から、バルドロッシュの動きに迷いはなかった。彼は軍を率いて素早くナルシラを占拠した。

恐るべきはその行軍方法だ。バルドロッシュ派閥の領地は、ディメトリオ派閥の領地の北部と隣接している。ならば軍を纏《まと》めた後、ディメトリオに遅れる形でベリダに到着するかと思われた。

しかしバルドロッシュは、軍を纏めることなくナルシラへの進軍を指示。バラバラに移動する兵士達を巧みに纏め上げ、進軍しながら軍を編成するという離れ業《わざ》をやってのける。

これによって、領地に一旦《いったん》兵士達を集合させ出発するという、ごく自然な過程を経ていたディメトリオより早くナルシラに到着してみせたのだ。派閥の主体が軍人だからこその離れ業である。

「ならばいっそ洗礼式を飛ばして、直接帝都を押さえて戴冠式を強行するか、とも考えられそうなところだが、帝都近辺には第三皇子マンフレッドが軍を置いているんだよな」

ウェインは駒を帝都グランツラールの上に置く。ディメトリオ領の北にあるのがバルドロッシュ領なら、南にあるのがマンフレッド領だ。他の両皇子に遅れる形ではあるものの、マンフレッドも派閥を動員して兵を集めていた。

「今はまだディメトリオとバルドロッシュよりも兵は少ないみたいだが、このまま時間がすぎればいずれ匹敵《ひってき》するだけの軍になるだろう」

「あるいは最初からディメトリオ皇子が帝都を押さえにいけば、第三皇子が到着する前に間に合ったかもしれなかったわね」

ディメトリオは軍を率いてまずナルシラへ向かってしまった。即位の正当性を損なわないためには、やはり洗礼式が必要だからである。しかし先んじてバルドロッシュにナルシラを占拠されてしまい、どうするかと迷っている間に、マンフレッドも行動を開始してしまったのだ。

「そうはいっても、ディメトリオは保守派貴族が派閥の主体だ。帝国の慣例や伝統を蔑《ないがし》ろにするということは、長子が帝位を継承すべきという慣例を蹴《け》り飛ばすことにも繋《つな》がる。自らの正当性の一つでもあるそれを、そう簡単には切り捨てられないさ」

派閥というのは厄介《やっかい》だ。制御するためには、長の意志でさえ時には曲げる必要がある。ディメトリオに苦労があるように、軍人派閥のバルドロッシュや新興貴族で固まるマンフレッドも、派閥の運営には相応に苦心していることだろう。

「それで、ここからディメトリオ皇子はどう動くつもりかしらね」

そうだなあ、とウェインは天を仰《あお》いだ。

「まあ、バルドロッシュと一戦やりあうしかないだろうな」

「今すぐバルドロッシュ軍に決戦を挑むべきです！」

その勇猛な声は、会議に参加する年若い男のものだった。

部屋には若者以外にも多くの人が集っていた。その全《すべ》てがディメトリオを支持する派閥の人間であり、上座《かみざ》には彼らの主《あるじ》たるディメトリオが座っている。

「時を置くほどにバルドロッシュ軍は防備を固め、難敵となります！　さらにマンフレッド軍も肥大化《ひだいか》することでしょう！　うかうかしていては、両軍から攻撃されかねません！」

彼の発言は的を射ていると言っていいだろう。どういう視点で事態を捉《とら》えようとも、ディメトリオが皇子二人を敵に回しているのは変わらない。そして二対一が不利ということも。ならば片方が準備を終わらせる前に、一対一の戦いを始めるべきというのは、当然の考えだ。

「しかしだ、こちらの戦力もまだ十分ではない」

そう慎重な意見を口にするのは年老いた男だ。

「バルドロッシュ軍は強い。確実に勝てる備えをしなくては返《かえ》り討《う》ちにあうだけだ」

「そのような悠長なことを！　我らはもう賭《か》けに出たのです！　確実な勝利などというありもしない果実が実るのを待っていては、可能性すら摑《つか》めません！」

「それは些か言葉が過ぎるというものだ。まだこちらに合流していない味方もいる。動くにしても、機は熟しておらぬだろう」

その意見に、参加者から多くの同意が集まる。保守的な貴族が主なディメトリオの派閥においては、こういった慎重論が好まれる風潮があった。

「っ……ならば！　殿下は如何《いかが》思われますか⁉」

議論の矛先が、黙して鎮座《ちんざ》するディメトリオへと向かう。

諸侯の視線が突き刺さる中、彼は言った。

「……我が軍の兵力は？」

「はっ。およそ一万二千になります」

傍《そば》に居た者が恭《うやうや》しく答えた。

「愚弟《ぐてい》共の兵力は幾らだ」

「密偵の報告ではバルドロッシュ軍が一万弱。マンフレッド軍は五千ほどが集まっているようです」

「ふうむ……」

数だけで言えば皇子達の中で最大の兵力だ。しかしあくまで数字上のものであることは、ディメトリオも理解していた。バルドロッシュ軍の強さは、数千の兵力差であっても埋めてくるだろう。

「こちらに合流する予定の者達が全て揃《そろ》った場合、いくらになる」

「最終的には二万弱にはなるかと。無論、集まるまで相応の時間がかかりますが」

バルドロッシュ軍の倍の兵力。実に魅力的な数字であるが、時間の問題がディメトリオを唸《うな》らせる。

「……一つ、よろしいでしょうか?」

その時、部屋の末席に座る一人がおずおずと手を挙げた。

「やはり、ウェイン王子の意見も伺《うかが》うべきではありませんか……?」

会議室にざわめきが走った。

ウェインの知略の冴《さ》えは、今や帝国でも知られていることだ。彼がここにいれば、何か画期的なアイデアをもたらすかもしれないという思いは、出席している諸侯達も少なからず抱いている。

しかしながら、この場所にウェインの姿はない。その理由はひとえに、

「──ならん。あれはこのまま同行させるだけに留める」

派閥の長たるディメトリオを筆頭とした、ウェインに対する拒絶である。

「腹の内を探れるかと一度は出席を許したが、これ以上こちらの動きに干渉させる余地を与えれば、何を仕掛けてくるか解ったものではない」

「殿下の仰《おっしゃ》る通りです。ウェイン王子が味方についたことで、こちらになびこうとする貴族も出てきております。王子の智恵を借りずとも、名声を利用するだけで十分な利益《りえき》かと」

「そも、これは帝国の問題。他国がしゃしゃり出てくる隙《すき》は極力見せるべきではないでしょう」

口々に出てくる彼らの意見には、共通してウェインへの警戒がある。

あれは毒だ。それも使い手すら殺しかねない猛毒だ。

使ってはならない。奪われてもならない。ただ手元に置いて何もしない。それが最善の利用法であると、彼らは確信しているのである。

「ウェイン王子を放っておくということに異論はありませぬ」

最初に声を張り上げていた若手の男が言った。

「されど、それならば我々で結論を出す必要があります。いつ、どのタイミングで動くのか」

参加者が一様に唸った。動かせる兵は多ければ多いほどよく、動く時間は早ければ早いほどよい。そのタイミングをどう見極《みきわ》めるか。

この時点で正解はない。それを語れるのは後世の歴史家のみだろう。ゆえにここで必要とされるのは正解ではなく、選択肢を掴む意志である。

「──一万五千だ」

そしてディメトリオは、強い意志を込めて決断した。

「それだけの兵が集まり次第、バルドロッシュに決戦を挑む。異論がある者は今ここで申せ」

肯定という名の沈黙が会議室に満ちた。ディメトリオは小さく頷き、言った。

「これにて方針は決まった。全員、準備に取りかかれ」

「「ははっ！」」

主君の命を受け、家臣達は動き出した。

それを眺めながら、ディメトリオは誰《だれ》にも届かぬ小さな声で呟《つぶや》いた。

「母上……貴女《あなた》の願い、必ずや叶《かな》えてみせようぞ……」


「──で、ウェインはどっちが勝つと思うの？」

「ん？　バルドロッシュ」

ニニムの問いに、あっけらかんとウェインは言い放った。

「倍の兵力があっても真正面からじゃ難敵だし、バルドロッシュには守りに徹してマンフレッドが後ろから攻撃してくるのを待つって手段もあるしな」

「両皇子の間で密約は交わされてると？」

「十中八九な。されてなくてもマンフレッドが目障《めざわ》りなディメトリオを背中から討たない理由はない。ま、どう足掻《あが》いてもディメトリオに勝ち目はないだろう」

仮にも所属している派閥のことだというのに、ばっさりである。

しかしそこで終わるかと思いきや、ウェインは付け加えた。

「ただし、勝利と敗北は必ずしも望む結果に結びつくわけじゃないがな」

「……どういうこと？」

問いかけに、ウェインは四枚の駒《こま》が置かれた目の前の地図を示す。

「現状、この舞台には四人が立っている。即位宣言をした第一皇子ディメトリオ、儀式を行う都市で守りを固める第二皇子バルドロッシュ、帝都周辺で軍を展開しつつある第三皇子マンフレッド、そして帝都で色々と策を巡らせているであろう第一皇女ロウェルミナだ。——さてニニム、この四人で一番ミスしてるのは誰か解るか？」

予想外の問いに、ニニムはしばし考えて、

「一番のミスっていうと、やっぱりディメトリオ皇子じゃない？　追い詰められて即位宣言をして、二人の皇子から集中して狙《ねら》われて……」

「違うんだなそれが」

ウェインは言った。

「ここで一番のミスをしているのは、第二皇子バルドロッシュだ」

「バルドロッシュ皇子が……？」

意味を理解できずにいるニニムを横目に、ウェインは椅子《いす》の背もたれを軋《きし》ませた。

「レースが始まったのに、勝つ気のない奴《やつ》がゴールラインの前にいたらどうなるか、ってことさ。まあすぐに解る。戦いが始まるまで、のんびりと事態を見守るとしようじゃないか」

地図上にない、五枚目の駒を指で弾《はじ》きながら、ウェインは不敵に笑った。

都市ナルシラといえば、帝国にとって極《きわ》めて重要な土地である。

ナルシラはヴェイユ湖という大陸最大の湖の恩恵を受け、古来より豊かな土地であった。しかしそれゆえ近隣の勢力から常に狙われ、争奪戦が繰り返されてきた歴史がある。

しかし今から百年以上前、一人の男がそこに終止符を打った。

彼は人と武器を集め、当時周辺地域を支配していた国からナルシラを独立させる。さらにナルシラを取り戻そうと侵略してくる敵国を返り討ちにし、逆に攻め入って滅ぼすという離れ業をやってのけたのだ。

そうして周辺一帯を支配下においた男は、アースワルド帝国の建国を宣言。初代皇帝として君臨し、生涯《しょうがい》に渡って百を超える戦に臨んだという。

死後、初代皇帝の亡骸《なきがら》はナルシラ郊外に建設された霊廟《れいびょう》に納められ、皇室に連なる者は皆最期はナルシラにて眠るという慣例が生まれることとなる。

領土の肥大化に伴い、流通の関係から首都はグランツラールに遷都《せんと》されたものの、帝国にとってナルシラは今も豊穣の地であり、始まりの地であり、終わりの地なのであった。

「――そこに、このような形で踏み入ることになるとはな」

ナルシラを囲む城壁の上、歩廊《ほろう》を歩きながら、グレン・マーカムは小さく呟《つぶや》いた。

かつてウェインと共に士官学校で過ごした人間であり、第二皇子バルドロッシュの派閥に属する帝国軍人である。

現在は第一皇子ディメトリオの即位を阻止《そし》するため、バルドロッシュの興した軍の一員として、彼はこうしてナルシラの占拠に参加していた。

「代々の皇帝が眠る霊廟……一度見てみたいとは思っていたが」

皇帝達が今の帝国の有様《ありさま》を見れば嘆くだろうか、怒るだろうか。少なくとも喜びはしないだろうな、と考えていると、彼の視界に目当ての人物が映った。

「閣下、こちらでしたか」

そこには歩廊の胸壁越しに外を見つめる、老境の男がいた。グレンと同じく軍服姿であり、年齢を感じさせない凛《りん》とした佇《たたず》まいだ。

男の名はロレンシオ。帝国において伯爵という高位の爵位を持ち、古くはバルドロッシュの剣の師で、現在は彼の側近という、バルドロッシュ派閥の重鎮《じゅうちん》である。

「グレンか」

ロレンシオはチラリとグレンを見やると、皺だらけの手を彼方《かなた》へ向けた。

「グレンよ、この道はどこに続くか知っておるか？」

「は？　はい。帝都グランツラールへと続くかと」

突然の質問だが、グレンは素直に答える。

帝都とナルシラを結ぶその道は、普段ならば行き交う人々で賑《にぎわ》わっているのだが、現在はほとんど人の気配はない。ディメトリオ軍とバルドロッシュ軍によって、もうじきこの地が戦場になると民も知っているからだ。

「……先帝陛下が即位される時、私はここに配置された警備の一人でな」

ロレンシオはしみじみと、過去を懐《なつ》かしむように言った。

「帝都へと続くこの沿道にな、ぎゅうぎゅうになるほど人が集まって、それはもう凄《すさ》まじい熱気であった。出店や簡易宿などもごった返して、ああ、休憩の時に買った水飴《みずあめ》。今思えば大した味ではなかっただろうに、当時は随分と鮮烈に感じたものだ」

そして、と続ける。

「洗礼式を終え、陛下が随員と共に城門から姿を見せられると、歓声で地が割れるようであった。民の期待と声援を一身に浴びる陛下は、燦然《さんぜん》と輝いておられた……」

「私も父から似た話を聞いたことがあります。感動のあまり人々は涙し、日が沈んでもなお陛下を讃《たた》える声がやむことはなかったと」

「うむ……だからこそ、自らの不甲斐《ふがい》なさに身を焼かれるようだ。陛下がお隠れになるや否や、このような景色を生み出してしまうとは」

ロレンシオの目に失意が宿るのをグレンは感じた。かつての栄光の景色と、今ここにある物寂《ものさび》しい景色。その落差が乾いた風となり、彼の心に吹いているのだろう。

だがそれも束《つか》の間《ま》。ロレンシオは自嘲《じちょう》の笑みを浮かべる。

「……ふっ、つまらぬことを口にしたな。許せグレン。老いぼれのたわごとだ」

「いえ、そのようなことは」

「よいのだ。それよりも私に何用だ？」

「はっ。殿下より、第一皇子の軍の動きについて会議を行うと」

「解った。すぐに向かおう」

ロレンシオは迷いなく歩き出し、グレンもまたそれに付き従った。

二人が会議室に顔を出すと、既にバルドロッシュを筆頭とした派閥の重鎮達が揃っていた。

「申し訳ありません。遅参いたしました」

ロレンシオが一礼すると、よい、とバルドロッシュは言った。

「それよりも座れ。早速だが会議を始める」

「はっ。――グレン、そなたも残って話を聞いてゆけ」

グレンは頷き、着席するロレンシオの傍に控えた。他にも何人か、重鎮以外にも若手の人間が会議に参加している。彼らは派閥の有望株、つまり未来においてバルドロッシュを支える幹部候補と目されているメンバーだ。

「ディメトリオ軍の状況はどうなっている？」

バルドロッシュの問いに部下の一人が答えた。

「忍び込ませている手の者によれば、都市ベリダより動かず兵を集めることに注力している模様です。現在兵力は一万二千ほど。恐らく最大で二万前後になるかと」

「多いな。ここ最近で派閥の体力はかなり落ちたはずだが」

「人質を取っての脅迫や、金銭による懐柔《かいじゅう》を駆使してかき集めているようです。今回の戦いを決戦とするつもりかと」

「鼠《ねずみ》も追い込まれれば牙《きば》を剝《む》く、か」

最大二万ともなれば、いかにバルドロッシュ側が精強な軍人で固められているとはいえ、侮《あなど》れる兵力ではない。

「とはいえ、二万もの兵は集めるのも維持するのも並大抵のことではありません。まして向こうには、マンフレッド軍というもう一つの危険もあります」

「ならば、兵が集まりきる前に動く可能性も十分にある、か。……決して動きを見逃さぬよう、監視の手を緩めるな」

バルドロッシュはそう告げた後、僅《わず》かに顔をしかめて言った。

「時にあの男……ウェイン王子はどうしている？」

バルドロッシュにとって、現在における最大の懸念《けねん》がウェインだった。

良くも悪くも付き合いの長いディメトリオは、どう出てくるかおおよその想像ができる。しかしウェインは読み切れない。そも彼がディメトリオについたということ自体、想像の埒外《らちがい》だったのだ。

「今のところ目立った動きはない模様です。どうやらディメトリオ陣営も、王子については扱いあぐねているようで」

「ふむ……解った。そちらも可能な限り動向を見張っておけ」

「はっ！」

言葉を受けた部下の男は深々と頭を下げた。

「戦地の選定はどうなっている？」

「はっ。こちらの地図をご覧下さい」

問いに応じるのは先ほどとは別の部下だ。

「近郊をくまなく探索しましたが、互いの兵力を鑑《かんが》みるに、ナルシラより離れたこの平原でぶつかり合うことになるかと」

「やはり野戦になるか」

「はい。ナルシラは防衛拠点として適した造りはしておりません。また帝国にとって霊地でもあるナルシラを戦場にすれば、国内からの批判の的となりましょう」

これには他の部下達も揃って頷く。

「こうしてナルシラに駐留しているだけでも、都市内外から苦言が矢のように飛んできていますからな。あの変人宰相《さいしょう》も激怒しているとか」

「下手を打てば我らが帝国を踏みにじる賊軍とされかねぬ。いや、狡猾《こうかつ》なマンフレッド皇子などは間違いなくそうなるよう仕掛けてくるでしょう」

「ナルシラを火の海にしたくないのは、洗礼式を行いたいディメトリオ皇子も同じ。恐らく、野戦での決着には乗ってくると存じます」

部下達が口々に意見を述べる中、バルドロッシュは言った。

「ナルシラの民だが、こちらを妨害してくるということはあり得るか？」

「恐らくそこまでは至らないかと。不満といっても、ディメトリオ皇子に与《くみ》しているのではなく、我々が儀式の邪魔をしていること、すなわちこの都市の存在価値《アイデンティティ》を軽んじられていることが不満なようですので」

たとえばバルドロッシュ陣営は軍人主体であり、多くが武というものに敬意と誇りを持っている。同じようにナルシラの住民も、霊地で産まれ育ったということに自負があるのだろう。

すると重鎮の一人が笑って言った。

「ならばいっそバルドロッシュ皇子が儀式を行えば、不満もなくなるか」

「――――」

その瞬間、会議室の中が奇妙な空気になった。

「それは……可能性はありますが……」

おずおずとした返答。バルドロッシュを除いた重鎮達も、何やらばつが悪そうな顔になる。

するとそれを断ち切るように、バルドロッシュが言った。

「我らがここに駐留しているのは、話し合いを放棄し、武力でもって即位しようとしているディメトリオを止めるという大義があってのこと。マンフレッドともその線で今回は協力している。軽率な言動は控えよ」

重々しい主君の言葉に、集まった者達は揃って息を呑《の》んだ。

「はっ……失礼いたしました」

重鎮は謝罪をするが、会議室の空気は沈み込んだままである。

バルドロッシュは嘆息《たんそく》して言った。

「……今日のところはこれまでだ。全員下がれ」

主の命令に従い、会議室にいた者達はぞろぞろと部屋を出て行った。

黙って話し合いを見守っていたグレンもそれに続いたが、去り際、バルドロッシュの呟きが耳に入った。

「これ以上は危険だな……急がねばならん……」

主は何を思ってその呟きを発したのか。グレンはしばし考えたものの、答えが出ることはなかった。


それからしばらく後、都市ナルシラ近郊にディメトリオ軍が姿を見せる。

ディメトリオはバルドロッシュ軍のナルシラからの撤退を要求するも、バルドロッシュはそれを拒否。

かくしてディメトリオ軍一万五千と、バルドロッシュ軍九千は、ここに開戦の火蓋《ひぶた》を切ることとなる。

◆◇◆

帝位争いが始まってこれまで、三人の皇子達は武力衝突を極力避けていた。

理由はもちろん血を分けた兄弟と争うことへの躊躇《ためら》い——などではなく、内乱の泥沼化や、西側諸国の介入を懸念してのことである。

贔屓目《ひいきめ》を抜きにしても、賢明な判断と言えるだろう。衝突寸前まで行ったことや、軍を動員しての牽制《けんせい》、あるいは都市ミールタース争奪戦においては、第二皇子と第三皇子が小規模な軍事衝突を起こしたこともあったが、それでも正面衝突には至らなかった。

その禁がこの日、破られた。

第一皇子ディメトリオ軍と第二皇子バルドロッシュ軍の、決戦によって。

「進め進め！　振り返るな！　首級はすぐそこだ！」

「耐えろ！　押し返せ！　これを凌《しの》げば敵の勢いは止められる！」

両軍の戦いは、予定通りナルシラから少し離れた平原で行われた。

戦いは連日に渡り、両軍合わせて二万人を超える兵士達は、命がけで切り結び、文字通り大地を赤く染める。

そして現在。飛び交う怒号と悲鳴、響く剣戟《けんげき》と足音、さらには積み重ねられた屍《しかばね》によって作られた戦の趨勢《すうせい》は、バルドロッシュ軍の優位であった。

「殿下、中央の敵防陣をグレン隊が突破しつつあります！」

「予備隊の一つを投入してグレン隊の後を追わせろ。こじ開けた防陣の穴が塞《ふさ》がれないよう維持し、そこを兵の突入口とする」

　後方にて設営された本陣にて、バルドロッシュは部下に向かって矢継《やつ》ぎ早《ばや》に指示を飛ばす。

「右翼の乱戦はどうなっている？」

「はっ。こちらは陣形の再構築が完了し、戦線の押し上げに成功しています！」

「残る予備隊を右翼に投入。左翼は防御に徹するよう改めて伝えておけ。敵が撤退を選ぶ前に右翼から押し潰《つぶ》す」

「ははっ！」

　ひとしきり指示を出した後、バルドロッシュは傍《かたわ》らに立つロレンシオを見た。

「これは勝ったか、ロレンシオ」

「油断めされるな……と口にしたいところですが、殿下の仰る通り、もはや勝利は揺るぎないものかと」

　二人の意見は決して楽観ではなかった。開戦当初こそディメトリオ軍の兵数が上回っていたが、兵の練度を土台にした堅実なバルドロッシュ軍の戦運びによって、次第にディメトリオ側の兵士の損耗《そんもう》が膨らみ、今日の開戦時には両軍の兵数は同等となっていた。

　そして今、各所でバルドロッシュ軍は圧倒している。兵数も逆転していることだろう。兵数で勝り、戦術にも勝っているバルドロッシュ軍が負ける理由は、もはや存在しない。

「懸念があるとすれば、あの男だが」

バルドロッシュの脳裏《のうり》に浮かぶのは、ディメトリオ軍に属しているはずの異国の王子。

ウェインという名の、大陸で最も油断ならない人物だ。

「報告によれば、軍議などからは遠ざけられていた様子。いかに策謀を巡らせようにも、口も出せぬのではどうにもならぬでしょう。事実、今日までディメトリオ軍がこちらの予想の範疇《はんちゅう》から出たことはありませぬ」

「ふうむ……」

「それでも何か引き起こすとすれば、少数を率いてここ、本陣への奇襲が予想されます。されど殿下がおわす本陣は鉄壁の布陣。たとえ数千の兵で攻められようと、援軍が来るまで凌《しの》ぎきれましょう」

いかに鬼謀《きぼう》の持ち主であろうと、ここからの逆転は不可能。これがロレンシオの結論だ。

そしてバルドロッシュもまた、雌雄《しゆう》は決したと確信していた。

──だが、
だとすれば、この言い知れない不安は何だというのか。

「……ディメトリオだ。あいつを俺《おれ》の前に引っ立ててれば、こんなものは消え失せる」

心の靄《もや》を振り切るようにバルドロッシュは呟いた。もうじき突入した部隊が、ディメトリオを生きたままか、あるいは死体で連れてくるだろう。それでこの件は全て終わりになる。

その時だ。

「むっ――？」

戦場の向こうから打ち鐘《がね》の音が響いた。

それに伴《ともな》うようにして歓声も届く。

何事かと目を見張るバルドロッシュの元に、伝令が駆け込んだ。

「伝令！　敵ディメトリオ軍が撤退を始めました！」

「何だとっ？」

バルドロッシュは陣幕から外に出ると、戦場を一望する。すると伝令の言葉通り、ディメトリオ軍が今まさに撤退しようとしている光景が目に入った。

「殿下、これは追撃の好機かと」

ロレンシオの言にバルドロッシュは数秒考え込んだ後、頷いた。

「各将に伝達。敵の戦意をへし折るつもりで背を討てと伝えろ。ただし深追いはするな。敵とはいえ、同じ帝国の民ではあるのだ」

「はは！」

すぐさま伝令は戦地へ戻っていく。

その背を視界の端に捉えながら、バルドロッシュは逃げていくディメトリオ軍を睨《にら》んだ。

「……こちらが右翼から崩す前に撤退した、か」

「何か気になるところが？」

「俺の知るディメトリオという人間は、自らの失敗や敗北を認められない人間だ。己の首に縄がかけられようとも、撤退など口にすまいと思っていたが……」

「皇子がそうであっても、付き従う者達の中には目端《めはし》の利《き》く者もおりましょう。強く説得されたか、あるいはディメトリオ皇子を無理矢理引きずって撤退したのやもしれません」

ロレンシオの意見に、バルドロッシュは異論を挟まなかった。

そもそも戦はこちらが勝ったのだ。追撃部隊がディメトリオを捕縛してくる可能性もある。仮に取り逃したとて、これほどの大打撃を受けては、どれほどの兵が残ることか。

ディメトリオは決戦を挑み、そして負けた。再起はもはや現実的ではない。

バルドロッシュはそう考えながら、けれど同時に、心の深奥《しんおう》に拭《ぬぐ》いきれない淀《よど》みがあるのを先ほどから感じていた。視界の隅に見知らぬ人影がずっとチラついている——そんな気持ち悪さだ。

「日が暮れる頃には追撃部隊が帰還してきます。そこで改めてこの戦争の勝利を宣言し、戦果の精査をするといたしましょう」

「……そうだな」

胸中に広がる黒い靄を押し潰すように、バルドロッシュは強く頷いた。

しかしながら、結局追撃部隊がディメトリオを捕縛することはできなかった。

それどころか、ディメトリオを中心とした派閥の中核メンバーも、その悉《ことごと》くが追撃から逃げ延びた。

逃げ道の選択や、要所での追撃部隊に対する妨害などは、さながら最初から撤退することを予見していたかのようであったという。

そして――

◆◇◆

そこに広がっていたのは悲惨な光景だった。

場所はどことも知れぬ森の片隅《かたすみ》。そこに傷つき敗れ逃げ延びた、ディメトリオ軍の敗残兵達が集まっていた。

既に日が落ちて周囲は闇《やみ》に包まれているが、追っ手に見つからぬよう火は最小限。その僅かな温《ぬく》もりを奪い合うようにして、兵士達はひしめき合っていた。血と汗のにおいはむせかえるようで、押し殺したうめき声と泣き声が止む気配はない。

ディメトリオ軍の敗北であった。歴史に残る大敗北だった。追撃から生き延びた兵士はどれほどだろうか。何にしても兵士達の顔には、疲労と絶望しか浮かんでいなかった。

「で、だ」

その全てを踏まえた上で、ウェインは大仰《おおぎょう》に言った。

「これで私の言葉に聞く耳を持ってくれるかな？　ディメトリオ皇子」

唯一用意された天幕。

そこでウェインとディメトリオは向かい合っていた。

「……貴様の立案で辛《かろ》うじて我らが退却できたことは認める」

ディメトリオは忌々《いまいま》しげにウェインを睨《にら》んだ。

バルドロッシュ軍に追い込まれ、敗色濃厚となった際、同行していたウェインはディメトリオに囁《ささや》いた。今ならば逃げられると。

逡巡《しゅんじゅん》したものの、ディメトリオは撤退を選択。ウェインが用意した退路を用いて、こうして追撃を振り切って脱出してのけたのだ。

ただし、ディメトリオが撤退を選んだのは、逃げられるからだけではなかった。

「だが……本当にここから勝ち目があるというのか？」

それはもう一つのウェインの囁《ささや》きだった。

命が助かるだけではない。ここで逃げることで、勝利も得られる。ウェインはそうディメトリオに告げたのである。

「もちろんだとも」

ウェインはにっと笑った。

外の灯《あか》りを浴びて天幕に浮かぶ彼の影は、恐るべき魔性《ましょう》のようであった。

「仕込みは既にすませた。——勝利するのが将帥の役目なら、敗北から利益を得るのが為政者《いせいしゃ》の性分だ。バルドロッシュ皇子に、これを嫌と言うほど教えてさしあげようじゃないか——」

第四章　謀略の渦

帝都グランツラール。

フラーニャが帝国貴族サイラスの屋敷に逗留《とうりゅう》してから、しばらくの時間が過ぎていた。

慣《な》れぬ異国だ。貴族の庇護下に置かれたのは、監視の側面もあろう。否《いや》が応でも普段過ごしているナトラのウィラーオン宮殿とは空気が違う。

そんな中、フラーニャの様子といえば、

「可《か》ぁ――――愛《わ》いぃ――――！」

非常にご機嫌だった。

「見てナナキ！　見て！　ほら、頑張《がんば》って歩こうとしてるわ！　可愛《かわい》い！」

「……そうだな」

ぴょんぴょんと小躍《こおど》りしそうなフラーニャに対して、若干辟易《じゃっかんへきえき》としている従者のナナキ。その理由は二人の目の前にあった。

「だうー」

人の赤ん坊、である。

年齢はまだ一歳になるかならないか程度だろう。丸みを帯びた体と、白く柔《やわ》らかな髪の毛。足取りはまだ覚束《おぼつか》ない。愛嬌《あいきょう》に手足がついているような存在だ。

「エリゼ、お姉さんはこっちよ」

「あう」

エリゼ。それが赤ん坊の名前だった。エリゼは壁を頼りに、床に座って待つフラーニャの下へ歩み寄り、倒れ込むように彼女の膝《ひざ》に手をついた。

「きゃー！　もー！　良い子よエリゼ！」

フラーニャはエリゼを抱きしめると、その頬《ほお》に頬ずりをした。その勢いたるや頬が溶けてしまうのではないかと思えるほどだ。

屋敷で出会って以来、こうしてフラーニャはエリゼに首ったけになっているのである。

「ふふ、エリゼを随分とお気に召して頂けたようですね」

フラーニャとエリゼの様子を見ながら微笑《ほほえ》むのは、フラム人の女性だ。

名をミラベル。館の主であるサイラスの妻にして、エリゼの母親であった。

「エリゼの方も殿下のことを慕《した》っている様子。母として喜ばしい限りです」

「えへへ。そうかしら？」

「フラーニャ、世辞《せじ》だぞ」

フラーニャは傍《そば》に立つナナキの足をキックした。ナナキは音もなく回避した。

「ふーんだ、ナナキには解らないのね。私とエリゼはもう固い絆《きずな》で結ばれてるのよ」

ねー、とフラーニャはエリゼに微笑む。エリゼは怪訝《けげん》な顔をしつつも、フラーニャの顔をその小さな手でなぞることで応《こた》えた。

しかしそうしてエリゼを抱きしめていると、不意にエリゼが眉根《まゆね》を寄せた。

「うー……」

「どうかした？　……あら、何か変なにおいが」

主君の疑問に、ああ、とナナキは事態に気づいて、

「排便《はいべん》したな」

「排便……みゃあ⁉」

フラーニャは思わず身をのけぞらせた。もちろん、エリゼを落とすことはしなかったが。

「殿下、エリゼをこちらへ」

くすくす笑いながらミラベルが手を伸ばし、フラーニャはエリゼを手渡した。

ミラベルは慣れた様子でエリゼの衣服を脱がし、おむつを交換する。その手際に感心しながらフラーニャは言った。

「ねえミラベル、そういえばエリゼに乳母《うば》はいないの？」

「ございません。エリゼの世話は全《すべ》て私がしております」

あら、とフラーニャは驚いた。貴族といえば得てして自らを貴人と称し、日々の雑務に煩《わずら》わ

されないからこそ貴人なのだ、などと嘯《うそぶ》くものである。ゆえに貴族が赤子《あかご》の世話を乳母に任せることはありふれたことだ。これが貴族意識の乏《とぼ》しい田舎《いなか》貴族や、人を雇えない貧乏《びんぼう》貴族ならばいざ知らず、ミラベルは帝都に居《きょ》を構える正真正銘の帝国貴族の妻である。

そんな彼女が手ずから子育てをするというのであれば、

「自分で育てることにこだわりがあるのね」

と、フラーニャが結論を出すのは自然な流れだった。

しかし、予想外にもミラベルは小さく笑った。

「ん、何か間違えたかしら？」

「いえ、失礼いたしました。殿下のお言葉から、ナトラにおけるフラム人の扱いが窺《うかが》えたものですから」

意味が解らずフラーニャが小首《こくび》を傾《かし》げると、ミラベルは続けた。

「帝国においてフラム人は他の人種と同列に扱われています。しかしながら表向きは何も言わずとも、心に偏見を持ったままの人間は少なくありません。有《あ》り体《てい》に言えば、滅多《めった》にいないのですよ。フラム人の赤子の世話をしよう、などという者は」

言われてフラーニャはハッと気づいた。思い返せばこの屋敷は大きさの割に家人《けにん》が少ない。フラム人に仕えることを忌避《きひ》されているということか。

「まして私達はフラム人でありながら貴族の夫婦ですから。見知らぬ人間から嫉妬《しっと》や筋違いの憎しみを向けられたことも少なくありません。雇い入れた者があるいはよからぬ想《おも》いを抱いており、それがこの子に向けられたらと思うと、どうしても人に任せるのは躊躇《ためら》われるのです」

エリゼをあやしながら、そう言ってミラベルは儚《はかな》く微笑んだ。

「むうう……帝国でもまだそんなものなのね」

フラーニャは唇を尖《とが》らせる。大陸でも先進的と言われるアースワルド帝国。そこを訪れることを彼女は楽しみにしており、事実として帝都は見慣れないものが一杯だった。だからこそ、この愛くるしい赤子を取り巻く環境が、ナトラのそれより遅れていることが不満だった。

「もちろん、伝え聞く西側の扱いと比べれば、帝国がずっと進んでいることも解っています。今は多少改善されていると聞きますが、かつて西側では差別から子を守るため、我が子の髪を剃《そ》り、目を潰《つぶ》すことすらあったとか……」

フラム人の特徴である白い髪と赤い瞳《ひとみ》。それさえなければ、確かに余人《よじん》と区別はつかなくなるだろう。しかしそのために、親子はどれほどの涙を流すことになるか。

フラーニャもその辺りの話は多少耳にしたことはある。しかしこうしてフラム人から直《じか》に語られると、心が沈み行くようだ。

そんな彼女の心をすくい上げるようにミラベルは言った。

「ふふ、もちろんこの子にそのようなことをするつもりはありません。心を強く持ちさえいれば、フラム人として生きることができるのが帝国ですから」

ミラベルはエリゼの髪を撫《な》でつけながら苦笑する。

「むしろ、白い髪なのは幸いでした。これが赤い髪だったら、どうなったことか」

「赤い髪?」

「ご存知ありませんか? フラム人に受け継がれる伝説です」

初耳だった。知ってる? とフラーニャは傍《かたわ》らのナナキに視線を送ると、彼は小さく頷《うなず》く。

「数百年に一度、燃えるような赤い髪のフラム人が生まれ落ち、フラム人達に百年の繁栄をもたらす……そんな伝説だ」

「そも、フラムとは古い言葉で『輝き』、あるいは『輝ける者』を意味します。その赤い髪を持つ指導者に対する尊称がフラムであり、時を経るにつれ、フラム人という人種の呼称として定着したとも言われていますね」

「へええ……そんな伝説があったのね」

驚きと感心を抱きながら頷くフラーニャに、ミラベルは続ける。

「遥《はる》か昔、西側で隆盛を誇ったフラム人の王国を造ったのも、赤い髪のフラム人だったとされています。今でもその再来を信じて待っているフラム人は少なくありません。もしもこの子がその赤髪で生まれれば、きっとフラム人達から祭り上げられ、途方《とほう》も無い役目を背負わされていたことでしょう」

「フラム人の、王国……?」

再び知らないフラーニャの情報がもたらされる。

しかし、それに対する疑問が口を突いて出ようとしたその時だ。

「旦那様《だんな》がお戻りになりました」

部屋の出入り口から届いた家人の言葉で、フラーニャとミラベルの視線がそちらへ向いた。

そこには家人と共に、サイラスの姿があった。

「あなた、お帰りなさいませ」

エリゼを抱いたまま微笑むミラベル。そんな彼女に歩み寄り、エリゼの頰を指先で撫でながらサイラスは言った。

「何か変わりなかったか？」

「何事もなく。殿下とご一緒にこの子をあやしておりました」

そうか、とサイラスは頷いて、フラーニャに向き直る。

「エリゼのこと、恐れ入ります殿下。こちらが歓待する立場であるというのに」

「いいえ、とても新鮮な体験で楽しませてもらっています。それにミラベルからは面白《おもしろ》い話を沢山《たくさん》聞かせてもらって、申し訳ないくらいです」

「それはようございました」

サイラスは微笑みを浮かべた。

「今日はもうこちらでお休みに？」

ミラベルの問いに、しかしサイラスは首を横に振った。

「いや、これから少しばかり皇宮に出仕せねばならん。都市ナルシラの方で動きがあったようでな」

これにフラーニャはぴくりと反応を示した。

ディメトリオ軍とバルドロッシュ軍が戦い、ディメトリオ軍が敗北したという報《しら》せは既に帝国に届いている。当然、フラーニャの耳にもだ。

ディメトリオはどうにか逃げ延びたという話だが、同行していたはずのウェインの安否については、杳《よう》として知れないままである。

「……フラーニャ」

「ナナキ、大丈夫よ。お兄様は死んだりしないわ」

フラーニャはナナキに向かって笑ってみせる。

「それよりもサイラス卿、以前お話しした二つの件はどうなりましたか？」

「お喜びください、丁度その内の一つに進展がございました。殿下とお会いしたいという何人かが、皇宮の方に待っております。よろしければ、これから私と共に参りましょう」

「まあ、ありがとうございます、サイラス卿。では早速準備いたします」

兄を心配する気持ちはある。けれど、無事であろうという想いも嘘《うそ》ではない。そして今自分がすべきことが兄の心配ではないことを、フラーニャは知っている。

（私は私の役目を全うします。だから、お兄様もどうか）

この祈りが兄の元に届くことを信じて、フラーニャは動き出した。

◆◇◆

皇子達の軍が動き出してからというものの、ロウェルミナは大忙しだった。

なにせロウェルミナは動かせる手勢が少ない。憂国派閥の長《おさ》ではあるものの、そもそも憂国派閥というのはその名の通り、国の未来を憂う者達の集まりだ。平和的解決を掲げるロウェルミナの下にいるものの、彼女を皇帝にするため積極的に動く集団ではない。

方々に手を尽くして各地の情報を吸い上げてはいるものの、情報を精査するには圧倒的に人手が足りておらず、皇子達の状況を把握するだけでもてんてこ舞いになっている始末だ。

「それで、ディメトリオは今どこに？」

ロウェルミナの問いに、フィシュは書類の山から目的のものを取り出して、

「はっ。都市ベリダまで後退し、そこで残存兵力を集めている最中です」

「……果たしてどれほどの兵が戻るでしょうね」

史書を紐解《ひもと》いて見ても、戦争で敗北した側は悲惨の一言だ。再起を図ると口では簡単に言えるが、容易なことではないだろう。

「現在都市には三千ほど集まっているそうですが、五千いけば良い方かと。これほどの大敗北となれば、生きていても戻らず逃げる者も少なくないでしょうし」

「一万五千いた中で、一万人が死ぬか逃げたわけですか」

凄《すさ》まじい人数だ。さらにいえば、ここにバルドロッシュ軍の死者も加算することになるのだから、戦地の光景を想像しただけで吐き気がこみあげてくる。

「バルドロッシュ皇子はナルシラで軍の再編中。マンフレッド皇子はもうじき兵が揃《そろ》うようですが、ここからどう動くかはまだ見えてきません」

「ウェインはどうです?」

「不明です。死んだという報《しら》せは来ていないので、生きているなら変わらずディメトリオ皇子の所にいるとは思われますが……」

ふうむ、とロウェルミナは悩ましい声をあげる。

ディメトリオとバルドロッシュの戦いは、バルドロッシュの勝利で決着がついた。

問題はここからだ。ここから各勢力がどう動くかである。

「それともう一点。フラーニャ王女が妙な動きを」

「妙とは?」

「サイラス卿のツテを通じて、高位の官吏や帝都の大店《おおだな》の者達と接触を図ろうとしている模様です」

「まあ、せっかく帝都に逗留しているわけですからね。これを機に人脈を広げようと行動するのは自然なことです。——が」

これが他の国の王女ならば、そういうことで片付けただろう。

しかし、フラーニャだ。ロウェルミナは彼女が油断できないことを、身を以《もっ》て知っている。

「フラーニャ王女の声。あれは魔性の類《たぐ》いです」

為政者《いせいしゃ》にとって声質は重要だ。遠くまで届き、耳にしみこむ声であれば、それだけで演説の効果はぐんと上がる。

その点で見れば、ウェインやロウェルミナなども良い声を持っている部類だ。たとえばウェインならば、演説で兵の勇気を奮い起こさせることができる。ロウェルミナならば、恐怖を忘れさせることができよう。

しかし、フラーニャの声は次元が違う。

かつて彼女は都市ミールタースにおいて、三万の民間人を己《おのれ》の演説で動かしてみせた。

これはウェインにもロウェルミナにも不可能だ。兵士ならばいざしらず、戦えない、戦う意志のない民間人の心を摑《つか》み、歩かせること。それは尋常ならざる偉業である。

(彼女は私を賭《か》けに乗らせるために切られたカード。切った時点で役目は終えたと思っていましたが、もしも彼女に別の任務があったとしたら……?)

ミールタースのようなことを、フラーニャは帝都で引き起こせるだろうか。

可能性は薄いと感じる。いかに魔性の声とはいえ、ミールタースの件は、幾つもの要因が重なってできたことだ。

とはいえ――油断はできない。

「フィシュ、まだ人手に余裕はありますか？」

「ありません。が、必要ならばねじ込みます」

「ではフラーニャ王女の監視の強化を。少なくとも、誰《だれ》と会っていたかは摑んでください」

「はっ」

数少ない手札がどんどん使用中になっていく。できれば何か起きた時のために、余剰《よじょう》の人員は残しておきたいが、それが許されないのが今の状況だ。

こうしてこちらの手札は削られていくのを、ウェインは意図しているのだろうか。きっとしているのだろう。あんにゃろめ、とロウェルミナは脳内でウェインを引っぱたいておいた。

その時だ。

「――失礼します！」

伝令が部屋に飛び込んできた。

「何事ですか」

問いかけながら、ロウェルミナは嫌な予感に一筋の汗を浮かべる。

「バルドロッシュ皇子が、都市ナルシラにおいて、洗礼式を執《と》り行う準備に入りました！」

引っぱたいたはずの脳内ウェインが、にっと笑ったような気がした。

◆◇◆

ナルシラ内部の様子が妙なことになっている。

グレンがそのことに気がついたのは、ディメトリオ軍との決戦が終わってしばらくしてからのことだ。

そも、バルドロッシュ軍がナルシラを占拠した当初、ナルシラの住民は大きな反発をした。帝国にとって霊的な象徴ともいえる場所に土足で乗り込み、由緒ある洗礼式を邪魔しようというのだ。然《さ》もありなんである。

そしてディメトリオ軍を負かした今、洗礼式の中断は確定的だ。住民のこちらに対する感情はさらに悪化するだろう――とグレンは考えていた。

（だというのに、なんだこれは）

都市内部の警邏《けいら》の一翼《いちよく》を担《にな》うグレンの目に映っているのは、妙に浮かれた様子の住民達だ。最初はナルシラに暮らすバルドロッシュ派の住民が、バルドロッシュ軍の戦勝を喜んでいたのかとも思ったが、この浮かれた空気は一部住民に留まらず、都市全体に広まりつつある。

（戦後処理が終われば我らもナルシラから撤退する。遠からず開放されることへの歓喜か？

しかし、それにしては……）

そうグレンが警邏隊の詰め所にて思い悩んでいると、慌ただしく部下がやってきた。

「グレン隊長、ただ今戻りました！」

部下はナルシラ出身の男だった。この不可解な状況を探るべく、地元出身の彼を用いて探らせていたのだ。

「どうだ、何か解ったか？」

問いに対する部下の報告は、予想外のものだった。

「それが……出所は定かではないのですが、どうやらバルドロッシュ皇子がもうじき洗礼式を行うという噂《うわさ》が市中に流れているようです」

「なんだと？」

グレンは思わず顔をしかめた。

「何を言っている。我々はもうじき撤退する予定だぞ？」

「はっ。それは承知していますが、どういうわけか、住民達の間ではそういう話になっている様子で……浮ついているのはこれが原因のようです」

「…………」

確かにナルシラの住民は、洗礼式を行うことが大事なのであって、ディメトリオ皇子自体には執着していないとは感じられた。

そのディメトリオ皇子を撃退した以上、帝位に相応《ふさわ》しきはバルドロッシュ皇子である、と考えるのは自然な帰結か。

（しかし、現実にそうなったとしたら……）

グレンの背筋に嫌な汗が流れた。このままではまずい、と立ち上がる。

「その噂の出所は解るか？」

「噂を聞いた際に見慣れない人間を見た、という話がいくつか。関係のほどは不明です」

「目撃された場所はどの辺りだ？」

地図を引っ張り出し、手近なテーブルの上に広げる。

「ここと、ここと……北地区に集中していますね」

「……湖側か」

ナルシラはヴェイユ湖のほとりにある都市だ。その北部は湖と隣接し、今も水運が活発だ。

この水運はナルシラにとっての生命線であり、押さえ込むことは大きな反発を招く。それゆえバルドロッシュ軍の占領下においても、北地区についてはほとんど自由にさせていた。

「今すぐ全隊員に招集をかけろ。場所は北地区だ。俺《おれ》は一足先に現地を調べにいく」

「待ってください。あそこに無闇《むやみ》に手を突っ込めば住民が激怒します。まして隊長お一人では」

「状況は一刻を争う。急げ！」

「……ああもう！　皆が揃《そろ》うまで無茶しないでくださいよ！」

隊員は慌てて詰め所を飛び出す。

グレンもまた外套を羽織《はお》り、腰に剣を提《さ》げて外へと出ていった。


グレンが北地区の市街に到着すると、相変わらず賑《にぎ》わっていた。

ヴェイユ湖で獲れる水産物に加え、同じく湖に隣接している他都市との流通の賜《たまもの》である。水運は地面と違って起伏がほとんどなく、荷物を積んだ船を風の力で動かせるため、陸運よりもずっと便利なのだ。

(問題はその自由な交易を妨《さまた》げないために、警備が疎《おろそ》かになっているという点だ)

もちろん帝国の要地であるヴェイユ湖だ。賊が横行するような事態にはならない。しかしそれは不正や不心得者が入り込む余地がゼロという意味ではない。

「失礼。この辺りで不審な人間や、見慣れない人間を見なかっただろうか」

グレンは近くで果物の露店を開いていた店主に声をかける。グレンにナルシラの土地勘はない。とにかく聞き込みで手がかりを探すしかなかった。

「そりゃあ目の前にいるがね」

男は肩をすくめる。グレンは果実を一つ手に取り、銀貨を渡しながら重ねて言った。

「俺や俺のような軍人以外で、だ」

「さあて、なにせこの辺りは船でいつも人が出入りしてるもんでね」

「ではバルドロッシュ殿下が洗礼式を行うという話を聞いたことは？」

「ああ、それなら聞いたよ。確か、船着き場辺りで船員が話してたっけな」

「船か……すまない、邪魔をしたな」

「いいってことよ。ほれ、ついでにもう一つ持っていきな」

次は箱ごと買ってくれよ、という店主に見送られながら、グレンは果実《かじつ》を手に市街をさらに北へ。しばらく歩くと、船着き場へと到着する。

そこには荷物を抱えて往来する水夫や、荷物を点検する商売人、あるいは釣りをしている人間などがいた。グレンはざっと周囲を見渡し、何もせずたむろしている数人の水夫の下へ足を向ける。

「すまない、尋ねたいことがあるのだが」

「ああん？」

水夫達の粗暴な視線がグレンへと向けられる。

「んだよ軍人さんかい。ここはあんたらが来るところじゃねえぜ。帰んな」

「質問に答えてくれれば、すぐにでもここを去ろう」

「チッ、邪魔《じゃま》くせえな」

食い下がるグレン。にわかに水夫達との間に剣呑《けんのん》な空気が流れる。しかしその内の一人が、グレンの持つ果実に目を付けた。

「じゃあよ、その持ってる物でなんか芸をしてくれよ。そしたら何でも教えてやるぜ」

「……これでか？」

「おおよ。それとも剣を振るしか能の無い軍人さんにゃあ、ちょいと難しかったかい？」

水夫達は大笑いする。

グレンはそれに反応することなく、手元の果実と彼らを交互に見やった後、小さく笑った。

「――では、見逃すなよ」

「あ？」

グレンが果実を虚空《こくう》へ放り投げた。

水夫達の視線が一斉に上を向き、瞬間、グレンは地を蹴《け》る。

無防備な水夫の腹に掌底《しょうてい》を打ち込み、さらにもう一人の顎《あご》と足を同時に払う。異常に気づいた残りの水夫が反応するが、それより早くグレンは彼の懐《ふところ》に入り込み、腕を巻き取るようにして地面に叩《たた》きつけた。

「痛《い》ってえ……!?」

「く、くそ、こいつ！」

「つ、つええ……！」

一瞬にして地面に倒された水夫達。

それを見下ろしながら、グレンは空から落ちてきた果実を手に取り言った。

「見逃すな、と言ったろう」

「や、やろう、ふざけやが――って!?」

なおも喰《く》ってかかろうとする水夫の口に果実を突っ込み、グレンは言った。

「悪いが時間がなくてな。続けてもいいが、次は骨の一本や二本は覚悟してもらう」

そう口にするグレンの顔には凄みがあった。

自分達よりも間違いなく若造。それが解っていてなお、水夫達は息を呑《の》み、屈した。

「わ、解った、俺達が悪かった。だから勘弁《かんべん》してくれ……！」

「もちろんだ、最初に言ったが質問に答えてくれればそれでいい」

「な、なんだよ。俺らは軍人に睨《にら》まれるようなことたあしてねえぞ」

「そうじゃない。バルドロッシュ皇子が即位式を行うという噂を聞いたことは？」

水夫達は顔を見合わせる。

「お前、知ってるか？」

「知らねえよ。皇帝とか興味ねえし」

「俺は聞いたことがあるぜ。あれだろ、ディメトリオ皇子をぶっ飛ばしたから、バルドロッシュ皇子が皇帝になるとかいう」

グレンの目が返答した水夫へ向けられる。

「どこでそれを?」

「ど、どこって言われてもよ。確かどっかの船に乗ってた奴《やつ》が言ってたような……」

「そいつの所在は解るか?」

水夫は頭を振った。

「毎日どんだけ船が行き来すると思ってんだよ。余所《よそ》の船の奴なんて覚えてらんねえよ」

「……」

グレンは考え込んだ。

(この船着き場から噂の拡散が始まった可能性は高い。しかしここに出入りした人間を調べるには時間が必要だ。どこか足取りに手がかりがあれば……)

こういう時、自分の頭の固さに辟易《へきえき》する。

学生時代の友人達ならば、素早くアイデアを出し、次の一手のために動き出すことだろう。しかし今、彼らは傍に居ない。彼らについていくだけで良かった時代はもう過ぎたのだ。

「なあ、あんたあれか、何か怪しい奴を探してるとかなのか?」

不意に、水夫の一人が恐る恐る口を開いた。

「まあ、そうなるな」

「だったらよ、向こうにある倉庫街を調べれば何かあるかもしれねえぜ」

水夫が示したのは、船着き場に程近い場所にある、いくつもの倉庫が置かれた一帯だ。運ばれてきた積み荷、あるいは運ぶ予定の積み荷を一時的に置いておく場所である。

「徴兵でどこも人手が足りなくてよ、商品がなくて空っぽになってる倉庫も珍しくねえ。なのに最近、夜中とかにあの辺りをうろついてる奴を何度か見たんだ」

「……」

噂を流した下手人《げしゅにん》が存在するとして、できるだけ目立たずに行動しようと思うはずだ。さらに船着き場は脱出経路として打って付けだろう。ならば船着き場の近辺に身を潜める場所を確保している可能性は十分にある。

「良い話を聞けて助かった。感謝する」

水夫達に銀貨を投げ渡すと、グレンは倉庫街へと向かった。


大小様々な倉庫があるその倉庫街には、まだ日も高いせいか、それなりに人の姿があった。怪しい人物はいないかと見渡すが、さすがに見るからに怪しい風体《ふうてい》の者などいようはずもない。ましてや初めてここに足を運ぶグレンにとって、見かける全員が見慣れない人物だ。

(となると、倉庫を一つ一つしらみつぶしに探すしかないか……？)

いっそここで部下が来るのを待つのもいいかもしれない。

そんなことを考えたその時だ、グレンの目が視界の端で何かを捉《とら》えた。

「今のは……」

自然と足が動いていた。吸い込まれるようにして倉庫街の奥へ。

まさか、と思う。彼の目が捉えたのは見覚えのある人影だった。同時に、ここにあってはならない人影だった。

やがて到着したのは寂《さび》れた倉庫。周囲に人気は無い。しかし地面を見れば、ここ最近で倉庫に出入りした人間の痕跡《こんせき》があった。

「――はっ！」

迷いなく振り抜かれた剣が、倉庫の木戸《きど》を断ち割った。

そのまま木戸を蹴り飛ばし、中に踏み入る。カビと埃《ほこり》のにおい。倉庫の中に灯りはなく、入り口から注《そそ》がれる光が僅《わず》かに付近を照らし出す。

そして闇《やみ》に慣れた目が倉庫の奥までも映すようになると、そこに立つ一人の人物の姿をグレンに示した。

「やはりお前か……」

グレンに動揺はなかった。むしろ胸中に芽生《めば》えたのは納得だ。

「ようやく俺にも事態が飲み込めた。つまりこれは全てあいつの計略なわけだ。――そうだろう？　ニニム」

白い髪をなびかせ、闇の中で赤い瞳を輝かせながら、ニニム・ラーレイがそこに立っていた。

「何のことかしら、と言い逃《のが》れできる状況でもないわね」

グレンがそうであるように、ニニムもまた心が揺らいだ様子はなかった。

突如として倉庫に踏み入った友人を見てもなお、普段と変わらぬ冷然とした佇《たたず》まいだ。

「してくれても構わんぞ」

そんな友人の様子に、グレンは懐かしさを感じて小さく笑う。

同じ士官学校に通い、共に過ごした。ニニムがウェインの暴走を止めるために協力を求めたこともあれば、グレンが婚約者への贈り物の相談を持ちかけたこともある。

両者の友情は今もなお不朽《ふきゅう》であり――

「どちらにせよ、捕まえることに変わりはないからな」

当たり前のように、二人は刃《やいば》を向け合った。

「ちなみに罪状は？」

「捕まえた後で決めようと思っている」

「ひどい話があったものね」

言葉の中に怒りはなく、哀《かな》しみもない。敵対することと友人であることは、二人にとって矛盾したものではないからだ。

そして友人同士だからこそ、互いの力量は熟知している。

「――ぬんっ！」

グレンが踏み込んだ。

躊躇なく振り抜かれた鉄剣が闇《やみ》に閃《ひらめ》く。

その一撃を驚異的な身のこなしでニニムは回避する。お返しとばかりに放たれたのは複数の投げナイフだ。しかしその全てをグレンは難なく打ち落とす。

「忍び込んだのは、ナルシラの住民感情を優先するあまり、船着き場付近の警備が申し訳程度だったわね」

「ナルシラの住民感情を優先するあまり、ディメトリオ軍との決戦の時か」


ニニムの姿が闇の中に溶ける。あの目立つ白い髪と赤い瞳が、嘘のように見えなくなった。

「おかげであの決戦中、ほとんど邪魔も入らず簡単に忍び込めたわ」

「一万五千の兵を囮《おとり》扱いとは、あいつは変わらんな！」

声のした方へ、再びグレンの剣が振るわれる。倉庫の中に置いてあった空箱が切り裂かれ、中空に飛び散る。そこに紛《まぎ》れるようにして、闇から姿を現したニニムがグレンに肉薄した。

薄暗い闇の中に火花が散った。ニニムの短剣はグレンの剣によって防がれる。つばぜり合いはしない。ニニムはすぐさま身を翻《ひるがえ》しグレンから距離を取った。

「そしてナルシラに忍び込んだ後、バルドロッシュ皇子が洗礼式を行うという偽《いつわ》りを民に流し、民意で理屈を押し切るというわけだ」

「焚《た》き付《つ》けるのは容易だったわ。皇帝の即位は帝国民の誰もが望んでいることだもの」

「――しかし、すんでのところで俺が間に合った」

グレンの気迫が膨れ上がった。肌を刺すような威圧。剣を構えるその姿は、剣先から足下まで一切《いっさい》の隙《すき》がない。学生時代、あらゆるライバルを寄せ付けず、圧倒的な武勇を誇った男の本気がそこにはあった。

「投降しろ。我が主の前で自白するのなら、俺の名において扱いは保証する」

しかしニニムは頭を横に振る。

「私がすると思う？」

「ならば問い返そう。俺に剣で勝てるとでも？」

「そこまで考えられるのなら、もう一歩ね」

ニニムはふっと笑った。

「剣で勝てるはずのない私が、どうして貴方《あなた》と対峙《たいじ》していると？」

「――――」

瞬間、背後で異音が鳴った。それは蹴り破った入り口が何かで塞《ふさ》がれた音だと、グレンは視線を向けることなく察知した。

同時に対峙していたニニムの体が浮かび上がる。咄嗟《とっさ》に剣で薙《な》ぐが、間に合わない。視線を向ければ倉庫の梁《はり》の上にニニム以外の人間がいた。その手が摑んでいるのは、ニニムを引き上げた黒塗りのロープだ。

追いかける手段を求めてグレンは視線を滑らせる。しかしその前に今度は倉庫全体から異音が鳴り始めた。

「これは……⁉」

「追跡者を始末する仕掛けの一つや二つ、用意するのは当然でしょう？　貴方に使うことになるとは思わなかったけれど」

「やってくれるな……！」

倉庫の壁が、天井《てんじょう》が崩れ始める。ニニムは用意されていた天井付近の出入り口に、機敏な動きで手をかけた。

「それじゃあまた会いましょう、グレン」

次の瞬間、倉庫は大きな音と共に崩落した。

◆◇◆

瓦礫の山となった倉庫を尻目《しりめ》に、ニニムは数人の供を連れて倉庫街の陰を走り抜ける。

「ニニム様、これから如何《いかが》しますか？」

「追っ手がかかる前に急いで脱出するわよ」

ニニムは端的に応じる。

「すぐにでも私達の存在は知れ渡るわ。一刻の猶予もないと思いなさい」

「あの男が死んだ以上、我らが露見するまでしばらくかかるのでは？」

「あれで死ぬような人間じゃないのよ」

ニニムはチラリと背後を窺う。もう遠くになった倉庫の崩落現場。その下敷きになった友人は、しかし生きているだろうという確信があった。

「どちらにせよ、この地における私達の仕事は終わったわ。グレンはああ言ってたけれど、もう対処は間に合わない。なら、後は帰還するだけよ」

「はっ、了解しました」

かくしてニニム達は、陰から陰に移動しながら、音もなくナルシラの街から姿を消した。


「……おいおいおい、こりゃどうなってんだよ」

先ほどグレンと諍《いさか》いを起こした水夫達は、目の前の光景に唖然《あぜん》とした。

何となく気になったから。その程度の理由で、グレンの後を追いかけたが、そんな彼らを待っていたのはこの崩落した倉庫だった。

「だいぶ古い造りだったし、老朽化《ろうきゅうか》か？」

「かもしれねえけど……なあ、さっきの兄ちゃん、もしかしてこの下にいたりとか」

「いやまさか、そんな……」

水夫達は顔を見合わせると、恐る恐る声をあげた。

「おおい！　誰かいるか⁉」

返事はない。やはり杞憂《きゆう》か。あるいはもう瓦礫《がれき》の下で絶命しているのか。どちらにせよ、この瓦礫は撤去しなくてはならない。

「しゃあねえ、とりあえず人を呼んで瓦礫をどうにかするか」

「そうだな……ってちょっと待て、あれ」

示された先に、全員の視線が集まる。

すると積み重なっていた瓦礫が、僅かに動いていた。まさか、と思ったのも束《つか》の間《ま》、人体の何倍もの質量があるであろう瓦礫が、下から持ち上げられていく。

「おいおいおい」

「ありゃあ、ほんとに人間か……？」

水夫達が呆気《あっけ》にとられる中、梁と天井の瓦礫を押しのけて、グレンが地上に姿を現した。

「……ふう、してやられたな」

持ち上げた瓦礫を横に放り投げると、グレンは外套の埃を払いながら彼方を見やった。

「今から追って……間に合わんか」

下手人を捕縛できなかったことは手痛い失態だ。友人だからと加減したつもりはなかったが、牛け捕りのため手傷を負わせたくないとした気持ちが剣先を鈍らせたか。

「な、なあ、あんた」

「ん？　ああ、先ほどの」

恐る恐る水夫から話しかけられて、グレンはようやく彼らに気づいた。

「すまないな。この倉庫の持ち主には後で弁済するので、今は見逃してくれ」

「お、おう……」

「いや、あんたを捕まえろって言われても困るけどよ……」

水夫達の目に映るグレンの姿は、もはや人間というよりも豪腕の怪物だ。金を貰《もら》ったって手を出したくはない。

その時だ。

「隊長！」

倉庫街の狭い路地に、グレンの部下達が姿を現した。

「隊長、何してるんですか！　ていうかこれ何ですか⁉」

崩落した倉庫を見てギョッとする部下一同。グレンは足下に落ちていた剣を拾い、鞘《さや》に収め

ながら言った
「話せば長くなるから今は後回しだ。急いで本部に戻る。バルドロッシュ殿下に至急お伝えせねばならんことがある」

するとと部下の一人が、あ、と声を上げる。

「ちょ、ちょっと待ってください！　そうなんです、その本部が今大変なことになってるみたいなんですよ！」

「何だと？　何が起きた？」

「それが──」

部下の言葉を受けて、グレンは本部に向かって急いで駆けだした。

◆◇◆

バルドロッシュ軍は現在、ナルシラにある館の一つを本部としている。

そしてバルドロッシュとその派閥の重鎮達は、日夜この館の会議室で今後の方針を検討《けんとう》、協議しているのだが──そこに今、怒声が響き渡っていた。

「馬鹿《ばか》な、本気で言っているのか⁉」

激昂《げきこう》し声を荒らげるのは、第二皇子バルドロッシュ当人である。

彼の前に居並ぶのは重鎮達だ。主君の怒りを前にして、しかし彼らの表情には覚悟と戦意が満ちていた。

『無論このようなこと、伊達《だて》や酔狂《すいきょう》で口にできることではございませぬ。我ら一同の総意であるとお受け取り下さい。その上で改めて申し上げます。——殿下、どうかこの機に洗礼式を執り行いましょうぞ」

「………っ！」

バルドロッシュが思わず顔を歪《ゆが》めた。

「この地を占拠した大義を忘れたか⁉　我らはディメトリオの横暴を止めるために立ち上がったのだぞ！　大義を掲げてディメトリオを追い払い、その後で奴めの企《たくら》みと同じことをするなど、末代までの笑いものだ！」

「いいえ、笑う者などおりませぬ。殿下も感じておられるはずです、民衆が一刻も早い新たな皇帝の誕生を望んでいることを。そして此度《こたび》の快勝によって、皇帝に相応しきは第二皇子バルドロッシュであると帝国民は確信し、速《すみ》やかな即位を期待しているはずです。これを裏切り、領地に帰ることこそ、物笑いの種になりましょうぞ！」

バルドロッシュの叱責《しっせき》を受けても、重鎮達の気勢は揺るがない。それどころか逆にバルドロッシュを呑《こ》み込みかねないほどだ。

「……マンフレッドはどうする。ディメトリオを阻止《そし》した後、我らは速《すみ》やかに領地に戻るという条件で手を組んだのだ。裏切ったとなれば、向こうも黙ってはおらんぞ」

「望むところでございましょう。ディメトリオ皇子の軍を打ち破り、マンフレッド皇子の軍も打ち砕いたとなれば、皇帝の資格としてこれ以上の証明はございますまい」

あくまで強硬な主張をする重鎮達と、それに歯止めをかけようとするバルドロッシュ。

両者の主張は噛《か》み合《あ》わないまま、部屋の熱気だけが上昇していき——黙して座っていたロレンシオが、机を叩《たた》くことで一同の注目を集めた。

「各々方《おのおのがた》、しばし休憩を挟みましょうぞ。お互い、頭に血が上っておる」

「ロレンシオ卿、事は一刻を争う重大な事態ですぞ！」

「なればこそ冷静な判断が必要であろう。望むだけで事が成就するのであれば、とうの昔に殿下はご即位なさっておる」

伯爵にして派閥最古参のロレンシオにこう言われては、他の者達も不承不承《ふしょうぶしょう》ながらも口を噤《つぐ》む他に無い。

「……いいだろう。少しばかり休憩を挟む。みな考えを纏《まと》めておけ」

バルドロッシュの号令で、一旦《いったん》会議は休憩となった。


館に到着したグレンは、真っ先にロレンシオの居室を訪ねた。

「グレンか。今立て込んでおる。用向きは後にせよ」

思索《しさく》に耽《ふけ》っていたらしいロレンシオはそう言うものの、グレンは食い下がった。

「申し訳ありません。ですが議題になっている殿下の洗礼式にも関《かか》わることですので、至急お伝えせねばなりません」

「ほう、耳が早いな。いや、警邏の最中に噂を耳にしたのか」

ロレンシオはグレンに座るよう促し、言った。

「して、どのような話だ」

「はっ。殿下の洗礼式を肯定するナルシラの民意ですが、これが第一皇子側……いえ、ウェイン王子の工作によって作られたものであると判明いたしました」

グレンは、噂の出所を探して都市の北区へ向かったこと。その倉庫で工作員と遭遇し、交戦したものの取り逃したことを話した。

そして話を聞き終えたロレンシオは、しばし熟考した後、言った。

「……グレン、私とそなた以外にこのことを知る者は？」

「ございません」

そうか、とロレンシオは頷いた。

「では、この件について決して口外するな。何も無かったこととする」

「はっ？」

グレンは思わず目を瞬《しばたた》かせた。

「お、お待ちください。私が下手人を逃がした失態については、いかなる処罰も受け入れます。しかしながら、このままでは」

「バルドロッシュ殿下が洗礼式を執り行う。結構なことではないか」

ロレンシオは獰猛《どうもう》に笑った。年齢を感じさせない、凄みのある顔だった。

「今でこそ殿下も戸惑っておられるが、冷静になられればこの機を逃す理由はないと決意されるであろう。ウェイン王子の工作には感謝しかないな、おかげで民衆の説得の手間が省ける」

「閣下！　敵側があえて殿下の洗礼式の実施を後押しするのは、それによる勝ち筋があればこその行動のはず！　敵の罠《わな》に自ら飛び込むようなものです！」

「罠ならば食い破ればよい」

ロレンシオは断言した。

「そなたも解っているであろう。帝国は皇帝を必要としている。仮にこの機会を逃せばどうなる。また第三皇子とくだらぬ政治闘争に明け暮れ、無為な時間を積み重ねるだけだ」

ロレンシオの言は一理ある。畳みかけるならば今だという思いはグレンにもあった。工作であると知らなければ、迷いつつも頷いていたことだろう。

しかしグレンは知ってしまったのだ。この流れの裏側にニニムが、そしてあのウェインがいるということに。

「閣下、せめてバルドロッシュ殿下にお伝えすべきでは……！」

「無用だ。下がれ」

取り付く島もなかった。

こうなっては最早どうにもならない。グレンは苦渋の面持ちで部屋を辞した。

この後に訪れるであろう、新たな戦いを予感しながら。

◆◇◆

「つまり、焦れているのは民衆だけではないのさ」

都市ベリダの館の一室で、ウェインは言った。

「話し合いによる平和的な解決。帝国国民にとって実に賢明で理性的な手法だが、それが美談でいられるのは解決できる光明が見えている時だけだ。進捗がなければ苛立《いらだ》ちが募り、ついには暴力的な手段による強行策を望むようになる。民も、そして派閥に属している人間もな」

部屋にいるのはウェインの他にディメトリオだけである。

机を挟んで向かい合うその光景は、ウェインが合流した当初は考えられないものだ。

「そして誰しも忠義だけで主に仕えているわけではない。主君が皇帝になることで得られる栄誉、利権、報酬。それが二年以上経《た》っても手に入らないことに、派閥に属している者達も耐えがたく思っているのさ」

「……貴様の言わんとしていることは、解らないでもない」

応じるのは第一皇子ディメトリオだ。苦々しい表情を浮かべながらも、彼は頷く。

「私が即位に踏み切った理由の一つにも、下の者達の抑えが利かなくなってきたことがある」

「だろう？　ディメトリオ皇子の派閥がそうなら、他の派閥の者達ももちろん同じになる。そして目の前に勝ち目があって、飛びつかずにいられる人間は稀《まれ》だ。まして、彼らの理性はぐずぐずに溶けている。他ならぬ貴殿の軍に対する快勝によってな」

「貴様……あまり調子に乗るなよ」

これは失礼、とウェインは肩をすくめる。

ディメトリオはしばしウェインを睨み付けていたが、不機嫌さを見せながらも話を続けることを選んだ。

「バルドロッシュは本当に乗ってくるのか？」

「バルドロッシュ皇子とマンフレッド皇子の派閥は拮抗している。戦いに勝てても被害は甚大だ。バルドロッシュ皇子としては、ディメトリオ皇子の派閥に属する者達を吸収して差をつけ、来たるべき決戦でマンフレッド皇子を圧倒したかったはずだ」

だが、とウェインは続ける。

「民意は彼の即位を後押しし、部下もそれに同調している。彼の派閥は軍人が主体だ。暴力を生業《なりわい》としている連中の上に立つ以上、弱気を見せて舐《な》められたら人望を失う。——間違いなく、踏み切ってくるだろう」

「……そうなればマンフレッドも黙ってはおれん。軍を率いて戦わざるをえない」

「そして両軍を食い合わせ、我らが漁夫《ぎょふ》の利《り》を得る、というわけだよ」

「ぬう……」

ディメトリオは唸《うな》る。ウェインが打った手はたった一つ、ナルシラで民意を形成することだけだ。しかしその一手で、自分にはまだチャンスが残された。恐るべきはウェインの先見の明である。

「というわけで、次の戦《いくさ》の指揮は俺に任せてもらいたい」

他国の王子が皇子に向かって軍の指揮を預けるよう要求するなど、普通ならそれ自体が宣戦布告案件だ。こいつは毒だと確信して遠ざけていたが、とんでもない猛毒である。

しかし今や、その毒を飲むか飲まないかを迫られている。

「……貴様ならば勝てるのか？」

「やりようはあるさ。人生は創意工夫だ」

ディメトリオは深く瞑目《めいもく》した後、絞り出すように言った。

「…………今少し考えさせろ」

この期《ご》に及《およ》んで判断を保留するディメトリオ。しかしそんな彼を見るウェインの表情には余裕があった。急《せ》き立《た》てるまでもなく、いずれディメトリオが毒を飲むのを確信しているかのように。

「では、待つとしよう。なに、第二皇子と第三皇子がぶつかり合うまで、ワインを楽しむ程度に猶予はあるさ」

ウェインはにっと笑って、手元のワイングラスを掲《かか》げてみせた。

◆◇◆

「……やられたな」

地図を眺めながらそう呟《つぶや》くのは、第三皇子マンフレッドである。

「これで私はバルドロッシュに決戦を挑《いど》む他になくなったわけだ」

第二皇子が洗礼式を執り行おうとしているという報告は、既に彼の下にも届いていた。

「あの愚直《ぐちょく》な次兄のことだ。土壇場《どたんば》で私を出し抜こうと邪念《じゃねん》が芽生《めば》えた、というわけではあるまい。派閥の連中を御しきれず押し切られたとみるのが自然だろう」

そして、とマンフレッドは言う。

「その派閥の者達の野心を駆り立てたのは、あのウェイン王子の策略である――君はそういうわけだね、ストラング」

「はい、間違いないでしょう」

傍《かたわ》らに立っていたストラングは恭《うやうや》しく頷いた。

「無論、遠方の地のこと。証拠があるわけではありません。しかしディメトリオ皇子があれだけの大敗北を喫《きっ》したにも拘《かか》わらず、いつの間にか我らとバルドロッシュ軍が争うことになり、漁夫の利を狙《ねら》える位置に立っている。ウェイン王子のやりそうな手口です」

「少々乱暴で雑なこじつけに思えるが……私より君の方が彼を知っているのは事実だ。君がそう言うのならば、受け入れよう」

マンフレッドはストラングがウェインの学友の一人であることを知っている。他にもグレンやロウェルミナと共に過ごしたことも。

本来ならば他勢力への内通などが疑われるところだが、ストラングは友情以上に己《おのれ》の故郷に執着している。自分が彼の故郷に利益《りえき》をもたらす限り裏切ることはないと、マンフレッドは確信していた。

「その上で、ここからが肝心だ。……私達は勝てるかい？」

「勝てます」

ストラングは迷いなく断言した。

「バルドロッシュ軍は軍人で構成された強力な軍隊です。しかしそれゆえ武力ではない搦《から》め手に対しては隙があります。加えてディメトリオ軍との戦いで疲弊した今ならば、十二分に勝機はあるかと」

ストラングの言葉は慢心ではなかった。学生時代、総合成績においてウェインは首席の座についていたが、武術ではグレンが、そして戦術ではストラングが常に上に立っていた。マンフレッドが彼を腹心として重用《ちょうよう》しているのは、その能力もあってのことだ。

「ふむ……ならば懸念《けねん》としては」

「ディメトリオ軍、及びウェイン王子の動きです。我らがバルドロッシュ軍と戦っている隙に、彼らが横合いから殴《なぐ》りつけてくるのを防ぐこと。これが何よりも肝要です」

マンフレッドは頷いた。あれを自由にさせた結果、バルドロッシュ軍と戦う流れにされたのだ。手を打つ必要があることは、嫌というほど理解できる。

「……ストラング、君の提案で用意していたあの計画を動かす時が来たようだな」

「はい。ディメトリオ皇子の派閥が大きな損害を被った今こそ、最大の効果を発揮することでしょう。……属州出身とはいえ、私も帝国の一員であることを思えば、できれば伏せ続けておきたかった手札でありますが」

「勝利のための必要な犠牲だ。手はずを進めてくれ」

「はっ。かしこまりました」

ストラングは恭《うやうや》しく一礼した。

ディメトリオ軍対バルドロッシュ軍。

その軍配はバルドロッシュ軍に上がった。

しかし両軍の決着で事態は収まらず、更なる混迷が生み出されようとしていた。

第五章 願い

──貴方《あなた》は偉大な皇帝になるのですよ。

それが今は亡き母の口癖《くちぐせ》だった。

貴方が即位すれば帝国はもっと豊かになると、何度も何度も繰り返された。

皇帝の長子として生まれた以上、皇帝に即位するのは言われるまでもない道筋だ。

けれど母がそう口にするのを、煩《わずら》わしいとは思わなかった。母の言葉が期待であり、願いであり、そして愛ゆえなのだと、疑っていなかったからだ。

だから自分も母に愛を示すために、言葉を、詩を、時には花輪などを贈りながら、力強く頷《うなず》いてみせるのだ。お任せ下さい母上、必ずや偉大な皇帝になってみせます、と。

──貴方は偉大な皇帝になるのですよ。

初めて人を斬《き》ったのは、十になった頃だ。

相手は下位の官吏で、理由は母を侮辱《ぶじょく》していたのを耳にしたからだ。

母は外国の出身だった。

愛する祖国があり、愛する男がいた。貴族という恵まれた生まれと、人を惹《ひ》きつける容姿もあった。何事もなければ、母は祖国で穏やかな人生を歩めていたことだろう。

しかし母は不幸にも、あるいは幸運にも、皇帝に見初《みそ》められてしまった。


——貴方は偉大な皇帝になるのですよ。


母は愛を諦《あきら》め、祖国のために皇帝の妻となった。

それは紛《まぎ》れもなく崇高な献身だ。しかし知恵もなく、味方もいない母に、陰謀《いんぼう》渦巻く宮廷でできることなど何があろうか。

結局母の祖国は帝国によって蹂躙《じゅうりん》され、愛した男は祖国とともに命を落としてしまう。

そしてほの暗い人間は、そこに母を揶揄《やゆ》するための瑕疵《かし》を見いだす。全《すべ》てを奪われた母の心は怒りと憎しみで溢《あふ》れ、いずれ帝国を蝕《むしば》む毒となるであろう、と。

馬鹿《ばか》げた話だ。今の母は帝国の皇妃。立派な帝国の人間だ。まして母には自分がいる。いずれ我が子が継ぐ帝国を、どうして憎むことができようか。子を愛する想《おも》いがある限り、母が帝国を裏切るわけがない。

そう、そのはずだ。そのはずなのに。

――貴方は偉大な皇帝になるのですよ。


母に贈った花輪。

それが母の手で握《にぎ》り潰《つぶ》され、捨てられる様を見てしまった自分は、疑問を抱いてしまった。

母は本当に、私を愛しているのだろうか、と。

◆◇◆

「いやー！　勝てるだろこれ！」

あてがわれた部屋で情勢の記された地図を見ながら、ウェインは余裕綽々《よゆうしゃくしゃく》の声を上げた。

「油断してると足をすくわれるわよ」

傍《そば》でそう口にするのは、都市ナルシラより無事に帰還したニニムである。

「第二皇子と第三皇子をぶつける流れを作れたとはいえ、第一皇子側も被害は甚大なんだから。ましてまだウェインが指揮を執《と》れるって決まったわけじゃないもの」

「ところがだ、そこについてはそこまで心配してない」

ウェインは言った。

「一番厄介《やっかい》だと思ってたディメトリオが比較的乗り気になっててな。トップが頷くなら、残りの奴《やつ》らなんてどうとでもなるさ」

「それならいいけど……でもちょっと意外ね。絶対最後まで反対すると思ってたわ」

「そうなんだよな。というか合流してからずっと、何でか知らないが想像よりもディメトリオからの風当たりが緩《ゆる》い」

それこそ露骨に敵対心を見せつけられる可能性も想定していたのだが、どういうわけかディメトリオはウェインと距離を置きつつも、決定的な拒絶はせずにウェインの意見に耳を貸している。

嬉《うれ》しい誤算ではあるが、何でだろ、とウェインとニニムは揃《そろ》って小首《こくび》を傾《かし》げる。

「追い詰められたことで自制心を手に入れたのかしら?」

「さて、どうだろうな。変わる部分もあれば変わらない部分もあるのが人間で、自制心の有無は変わらない部類な気もするが……まあ、気にすることでもないか」

ウェインは肩をすくめて言った。

「何にしてもディメトリオが協力的なのは助かる。後は第二皇子と第三皇子が削り合ってるところにどう乱入するかだ。最高のタイミングで横合いから殴りつけてやるよ……!」

「そう上手《うま》くいくかしら。向こうにはウェインのやり口を知ってるグレンやストラングがいるのよ？」

ニニムの口から友人の名が出てきたことで、ふむ、とウェインは少し真面目《まじめ》な顔になる。

「そういやグレンと遭遇したって言ってたな。どうだった？」

「しばらく見ない内に相当鍛《きた》えたようね。学生時代だったらそれなりに粘《ねば》れたけれど、もう手に負えないわ。今回は生け捕《いど》りが目的みたいだったから加減されてたけど、殺すつもりで切り込まれたら逃げるので精一杯よ」

ニニムはウェインの補佐官という立場であるが、その怜悧《れいり》な容姿からは想像もつかないほど高い身体能力を持っている。剣や馬の扱いも慣れたもので、並の兵なら二人や三人、涼しい顔で相手取れるほどだ。

そのニニムをして歯が立たないと言わしめる武力。ウェインもまた武に関しては常に彼の後塵《こうじん》を拝《はい》してきた。学生時代は「歩く鉄塊」、「馬車と衝突して勝つ男」、「百人がかりでようやく対等」などと言われていたが、そんなあだ名に収まらないほどに成長しているようだ。

「グレンがあれほどの腕前になってるなら、当然ストラングだって伸びてるはずよ。ましてストラングはマンフレッド皇子の側近として扱われてるそうじゃない。マンフレッド軍の指揮官として差配《さはい》する可能性は高いと思うわ」

武において突出していたのがグレンなら、戦術において突出していたのがストラングだ。

その戦術は巧みな上に、容赦なく相手の急所を抉るスタイルで、生徒達からは「毒眼鏡《どくめがね》」「首より先に眼鏡に賞金をかけられた男」『属州最悪の知恵者」と畏敬《いけい》の念を込めて呼ばれていた。

「そうだな。机上演習《きじょうえんしゅう》でのあいつは化け物じみてた。実戦でもあの鋭さは健在だろう。戦場でまともにぶつかったら分が悪いのは認めるしかない」

しかし、と。

学生時代、「とんでも糞野郎《くそやろう》」「悪魔の方が可愛《かわい》げがある」「性根と顔面以外の全てに優れた男」と呼ばれていたウェインは、にっと笑った。

「あいつの強さは戦術、つまるところ戦場という限定された範囲での強さだ。だったら、その盤外から殴りつければいい」

「……また悪いこと考えてるわけね」

「俺《おれ》は常々紳士的であろうと思っているんだが、悪巧みが放してくれないんだ」

「モテモテで羨《うらや》ましいこと」

呆《あき》れたようにニニムは肩をすくめた。

と、その彼女の視線が、不意に窓の外へと向けられた。

「どうした？」

「何か門前で騒いでるわね」

「……予想より早いが、第二皇子か第三皇子が動いたか」

ウェインは立ち上がった。

「ディメトリオに会う。これで向こうも俺に指揮を預けることに踏ん切りがつくだろう」

ニニムを供につれて、ウェインは部屋の外に出る。

向かう先はディメトリオの部屋だ。入り口に護衛が置かれたその部屋に近づいてみると、何やら部屋の中で言い争いが生じている様子で、護衛達が何とも言えない顔をしていた。どちらの皇子が動いたかは知らないが、報告を聞いたディメトリオが激昂《げきこう》しているのだろう。

「──失礼」

ウェインは護衛を横目に、何食わぬ顔でディメトリオの部屋の扉を開いた。

すると案の定、そこには伝令とディメトリオの姿があった。

「何か起きたようだが、子細《しさい》を教えてもらえまいか」

言いつつも、恐らく先手を取ったのは第三皇子マンフレッドだろう、とウェインは予測する。第二皇子は決戦での損害を回復させるのを優先させるはずだ。権威のあるナルシラに籠《こ》もっていられれば、マンフレッドも手が出しにくい。

もちろんマンフレッドも黙っていまい。世論を動かし、ナルシラに籠もるバルドロッシュを悪と糾弾《きゅうだん》。民意を味方をつけようと画策するだろう。

しかしその行動こそ、ウェインの狙《ねら》い。マンフレッドの動きに便乗《びんじょう》して工作をすることで、盤外から殴りつけるための隙《すき》を作る。そのプランがウェインには出来ていた。

（いやあ思い通りに進む悪巧みほど気分の良いものはないな！）

などと、ウェインが考えていたところで、

「……反乱だ」

ぽつりと、ディメトリオが言った。

ウェインは眼を瞬かせた。

「……反乱？」

「……そうだ」

「……どこで？」

「……私と、私の派閥の領内だ」

「…………」

沈黙は長く続いた。

やがて、ウェインは恐る恐る問いかけた。

「えぇっと……申し訳ない、もう一度正確に教えてもらいたい。どこで、何が、どれほどの規模で起きたって？」

するとディメトリオは大きく息を吸って、

「私と私の派閥の領内で、大規模な反乱が発生したと言っているのだ――――！」

「……はあああああああああ⁉」

「それでは、この条件で合意ということで」

「ああ、構わない」

◆◇◆

アースワルド帝国皇宮。

その一室にて、二人の人間が机を挟んで向かい合っていた。

片《かた》や第二皇女ロウェルミナ、片や第三皇子マンフレッドである。

「それにしても予想外でしたよ。まさかこのような手でディメトリオお兄様を足止めするだなんて」

ディメトリオ及《およ》び、彼の派閥に属している貴族らの領地において、大規模な反乱が勃発《ぼっぱつ》したという話は、既にロウェルミナの耳にも入っていた。

報告によれば、現地は略奪や暴動が横行し、歯止めがかかる気配すらないという。

ディメトリオは決戦に向けて集めるだけの兵を集めていた。そこには当然、領内の治安維持や防衛用の人員も含まれている。そうして人が引き抜かれた結果、彼らの領地は一時的に無法地帯となっていたのだ。

そこにマンフレッドは火を付けた。

元々ディメトリオは評判のよくない人間だ。領民達の間に不満の火種《ひだね》は燻《くすぶ》っていた。それでもディメトリオが決戦で勝利していれば、領民達も二の足を踏んだだろうが、歴史に残るあの大敗である。燃やすことなど、赤子《あかご》の手を捻《ひね》るより簡単であったろう。

（とはいえ、突発的な計画としては動きが速すぎます。以前より仕込んであったのを、この機会に使用したのでしょうね）

ロウェルミナはマンフレッドから、その傍に控えているストラングに眼をやった。

「立案したのは貴方でしょう、ストラング。まさか貴方が盤外戦術まで用いるとは、さすがに予想外でしたよ」

「…………」

ストラングは黙したまま微動だにしない。この場においてはロウェルミナの友人である以上に、マンフレッドの部下であるという自負が、ストラングの口を閉ざさせているのだろう。

「何を言うかと思えば、それは邪推《じゃすい》というものだよロウェルミナ」

代わって口を開くのはマンフレッドだ。

「あれは我らが兄上の身から出た錆《さび》さ。ディメトリオが正しく領地を治めていればこんなことにはなっていなかった。全く、彼らに反乱を決意させるほど追い詰めていたとは、我が兄ながら呆れる他にないね」

「なるほど、これは失礼しました。確かにディメトリオお兄様の為政が原因なのでしょうね。――ただ偶然にも、マンフレッドお兄様に利するタイミングで起きた、というだけで」

「ふっ、天が私に帝位につけと望んでいるのかもしれないな」

悪びれることもなく、マンフレッドは笑みを浮かべた。

そんな余裕に水を差すようにロウェルミナは言う。

「しかしディメトリオお兄様のことです、今は領地など放っておく、皇帝になればどうとでもなる、などと言い出すかもしれませんよ」

「そこは問題ない。既に宰相《さいしょう》からも言質《げんち》を取った」

「――――」

ロウェルミナの瞳《ひとみ》が僅《わず》かに揺れた。

宰相。

皇帝亡き今、帝国を支える屋台骨たる人物。

皇子達が数年に渡って帝位を巡る争いをしていても国が持っているのは、彼の能力があってこそと言われている。

「このままディメトリオが何も手を打たないのならば、帝国軍を動員しての反乱鎮圧、及び領地の剝奪《はくだつ》も視野に入れているとまで言っていた」

帝国軍人といえばバルドロッシュ皇子の派閥に属していると思われがちではあるが、実際のところ、全員が彼の派閥に与して行動を共にしているわけではない。むしろそういった者達は、全体の三分の一にも満たないだろう。

多くの将兵は自らを皇子達の私兵ではなく皇帝の兵であるとし、争いに中立を保ちながらそれぞれ防衛の任などについている。その兵数は数万にも及び、帝国に有事があればすぐさま動けるよう備えている。

「……驚きましたね。お兄様方のじゃれ合いを許容してきた宰相閣下も、さすがに帝国そのものが燃えるとなれば放置はできかねない、ということですか」

「じゃれ合いか、言ってくれる」

マンフレッドは愉快げに笑い、それから言った。

「驚いたといえば、ロウェルミナ。私の方こそ今回の取引に少なからず驚かされたよ。まさか私の軍に物資を供与するだなんてね」

帝都グランツラール付近に軍を招集していたマンフレッド。

ディメトリオ軍の敗北を受けて、一時は軍を解散させる準備も始めていたが、バルドロッシュ軍の突然の方針転換によって、逆に決戦の準備をする必要が生まれた。

そうなると問題になるのは人と物資である。ディメトリオ軍を挟撃するには十分な手配をしていたが、バルドロッシュ軍と決戦するとなれば、人も物も圧倒的に不足していた。

マンフレッドはツテを総動員して人を集めるも、物資の方はなかなか集まらずにいた。そこで声をかけてきたのが、ロウェルミナである。

『私欲に駆られ武力行使に走った長兄、それを止めるも逆に自らが野心に呑まれた次兄、どちらももはや皇帝の器にありません。ゆえに、マンフレッドお兄様にご助力致しましょう』

そのような主張の下に、ロウェルミナは憂国派閥の人員を説き伏せて集めた物資を、マンフレッド陣営に惜《お》しみなく供与したのである。

マンフレッドにとって、これは願ってもない話だった。だからこそ忙しい合間を縫って、こうして帝都に顔を出しているのだ。

しかし当然ながら、ロウェルミナの主張を額面通りに受け止めるほど、マンフレッドも純真ではない。

「なあロウェルミナ、お前は一体何が目的なんだ？」

「何が、と問われましても。もちろん帝国の繁栄と安寧《あんねい》ですよ」

「だったら、私に手を貸さずに、お前の言うところのじゃれ合いを眺めている方が早いのではないかな？」

マンフレッドは妹に向かって言葉を突き刺す。

妹といっても、血縁上そうだというだけであって、マンフレッドはロウェルミナを可愛《かわい》い妹などと思ったことはない。そしてロウェルミナの方も、こちらを尊敬できる兄などとは露《つゆ》ほども考えていないだろう。

二人が特別冷淡というわけではない。王族というのはいずれそれぞれが領地と立場を持ち、それを守るために陰謀を巡らせ合う運命にあるのだ。物心がつく前ならまだしも、こうして物事を見極《みきわ》められる年齢になれば、政敵の一人と見なすのが自然である。

「いかに兵と指揮官が揃っても、物資が不足しては戦はままならん。そうして私が速やかに負けてバルドロッシュが帝位につく方が、帝国の平和は早く訪れる……そう考えるのがお前の立場では自然だろう？」

「…………」

「お前のやり方は、あえて私とバルドロッシュの天秤《てんびん》を釣り合わせているとも捉《とら》えられる。それこそ――意図して共倒れを引き起こすために、な」

そこまで言って、マンフレッドはジッとロウェルミナを見つめた。

ロウェルミナは困ったように微笑《ほほえ》み、小首を傾げた。マンフレッドの糾弾に戸惑っている。そんな様子だ。――それが演技であると、マンフレッドは確信している。

「そのようなことをして、私に何の得があるのですか？　帝国人同士の争いを長引かせたところで帝国の国力を削るだけのこと。何ら有益ではないでしょう」

「あるだろう。我らが共倒れすることで、お前だけが得られる利益《りえき》が」

「思いつきませんね」

「女帝」

マンフレッドは切り込むように言った。

「我ら三兄弟がいなくなれば、第一皇女が皇籍を離脱している今、帝位につくのはお前になる」

「おやまあ」

ロウェルミナはくすくす笑った。

「お兄様は随分と疑心暗鬼《ぎしんあんき》に駆られているようですね。これも皇帝になろうとする人の性《さが》、というものでしょうか」

「そのような野心はないと言い張るわけか」

「もちろんです。私はあくまで帝国の未来を憂いているだけのこと。その頂点に立とうなどとてもとても」

「………………」

マンフレッドとロウェルミナは数秒、睨《にら》み合《あ》った。

そして、マンフレッドはふっと笑う。

「身の程を理解しているのなら、それでいい。そもそも、今のお前が女帝に名乗りを上げたところで、支持が足りずに無駄に帝国を荒らすだけだろうしね」

「そうですね、ええ、そうでしょうとも」

マンフレッドは立ち上がった。

「では私はそろそろ戻るとしよう。有意義な話し合いだったよ、ロウェルミナ」

「お兄様のご健勝を心よりお祈りしております」

「ふっ、心にもないことを。行くぞ、ストラング」

マンフレッドはストラングを連れて部屋を出て行く。

去り際、ストラングはロウェルミナを一瞥《いちべつ》し、小さく微笑んだ。そんな彼にロウェルミナもまた小さく手を振り返した。

そして部屋に自分と、傍に控えるフィシュだけになったところで、ロウェルミナは祈るように手を組んだ。

「……殿下、本当にマンフレッド皇子の勝利を祈っておいでで？」

「まさか。マンフレッドが階段で転んで足をひねりますようにって祈りですよ」

「…………」

「よし、これで十分でしょう。多分どこかで足をぶつけるぐらいするはずです。ばーかばーか、ざまあみろ！」

ロウェルミナは満足げに頷くと、さて、と切り替える。

「物資の釣り合いをとれたことで、マンフレッド軍は余裕をもって戦地に向かえます。これで無理して短期決戦に走ることはなくなったでしょう。多少の時間は稼げるはずです」

「ディメトリオ皇子が封じられたのは予想外でしたね……」

「本当に、最高に厄介なことをしてくれましたよ、ストラングは……！」

ロウェルミナは頭を抱えた。

「このままだと、バルドロッシュかマンフレッドのどちらかが勝っちゃいます。でも私としては三人の皇子の中で、ディメトリオに勝ってもらわなくては困るわけです。つまり今の私は超ピンチ！　いやほんと、どうしましょうねこれ！」

　マンフレッドに物資を供与したのは、彼が口にした通り、戦いを長引かせるためだ。そうして時間稼ぎをしている間に、次の手を打とうという腹づもりである。

　しかし具体的にどうするか。ロウェルミナは答えの材料を求めてフィシュに問いかける。

「ディメトリオの方はどうなっていますか？」

「相当混乱しているようです。ただでさえ敗戦したというのに、領地で反乱ですからね。付き従っていた者達も、多くが領地に戻ろうとするでしょう。今のディメトリオ皇子にそれを止められるとは考えにくいかと」

「……当初の予想ではディメトリオの残存兵力は五千でしたが、大幅に下方修正する必要がありますね。残って二千、いえそれ以下になるかもしれません」

「その人数ではいかにウェイン王子の差配があろうと、バルドロッシュ皇子とマンフレッド皇子の決戦に割って入り、両軍を出し抜けるとは思えませんね……」

　フィシュの言う通りだ。ウェインは油断ならない手合いだが、さりとて魔法使いというわけではない。この状況でかなり追い込まれているだろう。

（ナトラから軍を引っ張ってくる？　そんなことをすれば帝国に対する宣戦布告のようなもの。さすがにありえませんね。いっそもう、諦めて帰国する？　ウェインの性格ならギリギリまで粘るでしょうが、既にもうそのラインを超えた、という見方もできなくもない……）

ロウェルミナが腕を組んで悩んでいると、そういえば、とフィシュが言った。

「殿下、朝方にも一度お伝えしましたが、本日の午後はフラーニャ王女との面会が予定に入っております。少し早いですが、もうお会いになりますか？」

「ああ、そうでしたね。彼女はもう皇宮に？」

フィシュは頷いた。渦中のウェインではないが、彼女もナトラの王族だ。この状況を突破する手がかりを得られるかもしれない。

「それでは早速呼んで——あら？」

その時、ロウェルミナの耳が窓の外から聞こえる声を捉えた。

皇宮の中庭を一望できるその窓から、ロウェルミナは身を乗り出す。

中庭には、今まさに話題に上げていたフラーニャと、もう一人、意外な人物がいた。

◆◇◆

「はふう……」

皇宮の中庭の腰掛けに座りながら、フラーニャは疲労の籠《こ》もった息を吐いた。

ここしばらく、フラーニャは忙しかった。帝都における権力者達と会談をいくつも設けているためである。

ナトラと帝国の繁栄のため、というのは表向きの話。ロウェルミナも薄々気づいていたが、裏側にはロウェルミナに対する嫌がらせという目的があった。

「私が動き回るだけで十分ってお兄様は言ってたけれど……」

都市ミールタースで偉業を成し遂げたフラーニャ。その彼女が帝都をうろちょろすれば、ロウェルミナとしては意識と手駒《てごま》を割《さ》かずにはいられない。それは三人の皇子の動向を常に把握したいロウェルミナにとって、ボディーブローのようにじわじわと効いてくる、というのがウェインの主張である。

それなら私が動けないよう封じ込めてくるのでは、とフラーニャは問い返したが、ウェインは問題ないと笑う。

ウェインは確信していた。ロウェルミナが挑発に乗ってくると。この機会にウェインを失墜させ、フラーニャに多くの功績を立てさせようとしてくると。

ならばフラーニャが著名人、権力者と会って名を広めることは、ロウェルミナの目的にも適《かな》っている。ロウェルミナは大いなるジレンマを抱えつつ、フラーニャを監視するに留めるだろう。そうウェインは考えたのである。

そして事実、状況はウェインが推測した通りになっていた。恐ろしいほど冴《さ》え渡《わた》った頭脳からなる、陰湿な計画であった。

「最近何となく感じているのだけれど、お兄様って私やニニムに対してはとっても優しいけれど、それ以外のことだとちょっと悪い人になる気がするわ。ナナキもそう思わない？」

「……そうだな」

ちょっとどころじゃない、という思いを、ナナキは辛《かろ》うじて喉元《のどもと》で留めた。

「でも、私も勉強して何となく解ってきたわ。国を動かすのって、優しい理想を追い求めるだけじゃだめなのね。人が何を求めてるか、時には人の暗い部分もちゃんと見た上で、きちんと考えないといけないいんだわ」

うんうん、と一人納得を得て、フラーニャは力強く言った。

「私も頑張って、お兄様みたいにならなきゃいけないわ……！」

「………」

「あ、ナナキその顔、なれっこないって思ってるわね？」

正確に言えば、なれないだろうし、なってもらいたくもない、と思っている顔だったが、ナナキは何も言わなかった。

「言っておくけれど、ちょっと休憩してるだけで私はまだまだ元気なんだから。お兄様から授《さず》かった役目のためにも、そして今後のためにも、帝都で頑張ってみせるわ」

「今後か……サイラスに依頼しているもう一つの件も、その一環だったな」

「そっちは上手く行くかは解らないけれどね」

さて、とフラーニャは立ち上がる。

「休憩はおしまい！　少し早いけれど、戻ってロウェルミナ皇女を待ちましょ」

ナナキは頷いてフラーニャに続いた。

が、次の瞬間、その目が見開かれた。

「フラーニャ、止まれ！」

「え？」

むぎゅ、と。

踏み出したフラーニャの足が、妙なものを踏んだ。

何事かと見下ろすと、その瞳に映ったのは、地面に倒れる人間だった。

「みゃあっ⁉」

思わず奇声をあげて飛び上がるフラーニャ。その体をナナキが素早く摑《つか》んで、自らの背後に隠した。

「え、あれ、ナナキ、し、死んで」

「いや、これは……」

ナナキの肩越しに倒れる人を見つめるフラーニャと、ジッと視線を離さずにいるナナキ。

そんな二人の前で、

「――生きていますよ」

のっそりと、その人物は起き上がった。

「ああ、失礼しました。日差《ひざ》しに当たっているうちに、眠気にやられてしまったようで」

それはひょろりとした長身の男だった。気怠《けだる》げで、無精《ぶしょう》ひげを生やし、衣服も皺《しわ》だらけ。皇宮という帝国の中枢において、全くそぐわない風体《ふうてい》である。

ナナキは油断せず、フラーニャを背にしながら言った。

「……驚いたな。全く気配を感じなかった。死人も同然だ」

「実は私、眠っている間は心臓が止まる体質ですので」

「えっ」

「嘘《うそ》です」

「…………」

フラーニャは胡乱《うろん》そうに男を見た。

しかしそんな視線を意に介さずに男は続けた。

「ところで、お二人ともここで見かけない方ですが、どちら様でしょうか？　できれば氏素性《うじすじょう》が明らかな方であることを期待します。なにせ不審者の場合ですと人を呼ばなければいけないのですが、寝起きなもので歩くのも走るのも億劫《おっくう》で、ああそうだ、その場合は代わりに人を呼んできて頂けるとありがたい。それなら不審者でも構いません」

「……ええっと」

目の前の人物の方が百倍不審者だとフラーニャは思ったが、問われた以上は名乗るのが礼儀であろうと、優雅に一礼をした。

「ナトラ王国王女、フラーニャ・エルク・アルバレストです。ロウェルミナ皇女にお招き頂いて、帝都に滞在しております」

するとと男は、ああ、と納得したように頷いて、

「フラーニャ王女。なるほど、これは失礼しました。かのオーウェン王のご息女でありましたか。道理で利発そうなお顔をしていらっしゃる」

「父をご存知なのですか？」

「直接お会いしたことはありません。ですが若かりし頃、ナトラの長い治世とそれを継承するオーウェン王の政治手腕に大いに感銘を受けたことがあります。ああ、今でも思い出します。当時の私は文官の下っ端《したっぱ》でした。金は無く、いつもお腹を空かせていて、されど手元にあるのは仕事ばかり。そこで私は仕事で使う書類をご馳走《ちそう》だと思い込もうと考えました。自らを騙《だま》すため、紙をもりもりと食べる日々。一ヶ月後、私はどうなったでしょう？」

「え、え、えっと、ご馳走と思い込めるようになった……？」

「いえ、普通に餓死《がし》しかけました」

「………………」

「人は山羊《やぎ》にはなれない。青春時代、その貴重な一ヶ月を費やして得た教訓です。こういった

人生の体験というのは、秘奥《ひおう》として扱われて人知れず語り継がれるものですが、数奇なるこの出会いを祝して、フラーニャ王女にお贈りしましょう」

「あ、はい」

フラーニャは、もしかして私は喧嘩《けんか》を売られているのかしら、と真剣に考え出した。

しかしナナキを見ると、多分こいつマジだぞ、という視線を返してきた。

尚更《なおさら》悪いのでは？　と思ったが、しかしそこは淑女《しゅくじょ》として育てられたフラーニャ。困った顔をしつつも、笑顔を浮かべる。

「その、貴重なお話、ありがとうございました。私はこの後用事がありますので、これで」

「ああ、お待ちください」

踵《きびす》を返そうとするフラーニャを男は呼び止める。

「大きな川の夢を見たことはありますか？　襤褸《ぼろ》を纏《まと》う舟守《ふなもり》が、今にも死にそうな人を向こう岸に渡すのを横目に、その川で釣りをするというのが私の毎日見ている夢なのですが、今日は何やら背後から声が聞こえてくるではありませんか。それも国の運用の難しさを嘆いている様子。これは先達《せんだつ》として何か助言をしなくてはなるまいと起き上がってみれば、フラーニャ王女の姿があったわけです」

「ええっと……」

つまり、夢うつつに自分達の会話が聞こえていた、ということだろうか。

あとその夢は多分見てはいけない類《たぐ》いでは、とフラーニャが思っていると、男は言った。

「そういうわけでフラーニャ王女、人と民の違いは解りますか？」

フラーニャは真面目に応《こた》えるか、無理にでもこの場を離れるか、一秒ほど迷い、そして応える方を選んだ。

「それは同じものでは？」

「違います」

返答は意外にも即断だった。

「人とは国家に属していない者達です。彼らは国家に対する権利を持たず、その代わりに義務も持ちません。逆に民とは国家に対する権利と義務を持っている者のことです。では重ねて問いましょう、何を以《もっ》て、人は民になり得るでしょうか」

先ほどとは打って変わって、男の口調からは深い知性が感じられた。生半可《なまはんか》な返答をしてはならないと直感的に悟り、しかしそれゆえに、咄嗟《とっさ》に答えが浮かばない。ならばと、フラーニャはあえてそれをそのまま口にした。

「解りません。何でしょう」

「法です」

男は言った。

「国家が作り上げた法という鋳型《いがた》に人を押し込み、鋳造《ちゅうぞう》し直す。これによって出来上がるのが、民という生き物です。ゆえに法は遵守されねばなりません。法を軽んじる、法を破る、それは法によって鋳造された民の根幹を揺るがす重大な裏切りになるからです」

男の眼に一瞬だけ激情が宿るのを、フラーニャは見た。

「たとえ皇族に連なる血筋であろうとも、例外ではありません。そう、例外であってはならない。……フラーニャ王女もいずれは領地を治め、民を守るお立場になりましょう。法の重みを、ゆめゆめお忘れなきよう」

男はそれだけ言い切ると、ふっと笑った。

「私の話は以上です。お忙しいところを長々とお引き留めしたこと、お詫《わ》び致します」

「あっ、いえ……」

フラーニャは頭を振った。先ほどまでは奇人変人としか思えず、今でも奇人変人の範疇《はんちゅう》から抜け出してはいないのだが、少しだけこの男に興味が湧《わ》いていた。

「その、お名前を伺《うかが》っても？」

すると男は、そういえば、と手を叩《たた》く。

「私の方は名乗っていませんでした。王女にだけ名乗らせるとは、重ね重ね失礼を。私の名前は――」

「ケスキナル！」

声は中庭の出入り口から。振り向けばそこにはロウェルミナの姿があった。

「私の客人に、何を話しているのです？」

「これはロウェルミナ皇女殿下、ご機嫌麗《うるわ》しゅう」

男――ケスキナルと呼ばれた彼は、慇懃《いんぎん》に一礼する。粗雑な格好からは想像もつかないほど堂《どう》に入《い》った動作だった。

「残念ながらあまり麗しくありませんよ。全く、フラーニャ王女にあまり近づかないでください。変人がうつります」

ロウェルミナはひょいとフラーニャを抱き寄せてケスキナルから離す。

「フラーニャ王女、あの男から何か妙なことを吹き込まれませんでしたか？　あれはフラーニャ王女のような純朴な方に目を付けては、妙なことを吹聴《ふいちょう》する輩《やから》なのです」

「い、いえ、まあ、変わった御方というのは痛いほどに……」

ロウェルミナの胸の中でフラーニャはもがきながら口にする。

「ロウェルミナ皇女、妙なことというのは心外です。私は常に真剣であり、この心に偽りはなく、誰《だれ》かに話しかけるのは、お喋《しゃべ》りが好きだからです。最近はみな適当にあしらおうとするので、フラーニャ王女のような方は貴重であることは認めますが。警備の者に六時間ほど話しかけ続けただけで、どうかやめてくださいと懇願されるなんて、おかしな話だと思いませんか？」

「はいはい。それより、途中で貴方を探す官吏も見かけましたよ。彼らのご機嫌は私よりずっと麗しくないでしょうから、早めに戻ることをオススメします」

「む、それはいけない」

　仕方ない、とケスキナルは踵を返す。

「怒られるのも、悲しまれるのも、心をかき乱されるものです。私の心を楽器にしたいのなら、せめてもう少し丁寧に弾いてほしいのですが、なかなか理解されないのが辛《つら》いところですね。それではお二人とも、私はこれにて。……あ、私はケスキナルです。フラーニャ王女」

　最後までマイペースに、つかみ所のないまま、ケスキナルは去って行った。

「ふう、厄介なのは去りましたね」

　これで一安心、と頷くロウェルミナ。

「あの、ロウェルミナ皇女、あの方は何者なのでしょう？　ここに勤めている文官のようではありましたが……」

　一介の文官の態度ではないし、ロウェルミナとも随分と距離が近く感じられる。そんな言外の感想を感じ取ったのか、ロウェルミナは頷いた。

「文官というのは正しいですよ。ただし、あまり大きな声では言いたくありませんが、あの男はこの国で最高位の文官です」

「最高位……それって……」

「帝国宰相ケスキナル」

ロウェルミナは、男が去って行った方角へ眼を向けながら言った。

「あの男こそ、今の帝国を支える柱の一つです」

「帝国、宰相……」

フラーニャは驚きに目を見張り、ケスキナルの言動を改めて思い出し、そして首をひねった。

「……あの変人がですか？」

「あの変人がなんですよ……」

ロウェルミナも困ったように腕を組んだ。

「優秀な人間ではあるんですよ。変人ですが。能力が無くては帝国の宰相なんて務まりませんから。ただ、変人ですが……」

それからロウェルミナは苦笑いを浮かべて、

「まあ、あれの話は置いておきましょう。それより、今日は私に何か御用が？　もちろん、ただお茶をしに来たというのでも歓迎しますが」

そうだ。あの変人のおかげで頭から吹っ飛んでしまったが、今日ここに来たのは変人を鑑賞するためではない。

「実はロウェルミナ皇女にお話ししたいことがありまして」

「それでは部屋に行きましょうか。お茶と茶菓子《ちゃがし》も用意してありますので」

二人は頷き合い、皇宮の中へ歩いて行った。

◆◇◆

率直《そっちょく》に言って、ディメトリオ陣営の状況は最悪だった。

都市ベリダに集《つど》った敗残兵五千。物資は多くを失い、士気も最悪。ベリダの治安が悪化しないよう努めるだけでも精一杯。ここからバルドロッシュ、マンフレッド陣営と戦うなど、とても現実的ではない。

そこに加えて、領地で起きた反乱である。

これまでどうにかディメトリオに付き従っていた者達も、自らの膝元《ひざもと》が燃え上がっているとなれば戦いどころではない。

さらに宰相ケスキナルから、トドメとばかりに警告の書簡が届いてしまう。これ以上領地を放っておけば、帝国軍を動員して領地を没収するというもので、ディメトリオがいかに強情《ごうじょう》を張ろうと、戦うのは不可能であった。

「……これが、こんなものが、私の結末だというのか」

ディメトリオは私室にて、自嘲《じちょう》気味に笑った。よほど酒精を浴びたようで、部屋には酒の臭いが充満し、手元には倒れたグラスがあった。

「いや、認められるものか。私は皇帝になる……何か手立てがあるはずだ……私は望まれたのだ……望まれ……」

うわごとのように呟《つぶや》くディメトリオ。酒精に溺《おぼ》れながらも、その瞳には強い執念の炎が渦巻いていた。

しかし彼を取り巻く情勢は暗い。兵士達の間では、いつどのタイミングで離反するか。バルドロッシュとマンフレッド、どちらにつくか。いっそ手土産《てみやげ》にディメトリオの首を取ってしまうか――そのような相談が、当たり前のように囁《ささや》かれている状態だ。

身辺こそ信頼できる人間達で固めているが、それもどこまで持つか。誰かを顧みなかった人間が追い詰められたところで、誰も顧みることはない。そんな当たり前の帰結《かえり》が、ディメトリオの身に降りかかっていた。

「――失礼。随分と荒れているみたいじゃないか」

不意に、開け放たれた扉が無造作にノックされた。

ディメトリオが見れば、そこにはウェインが立っていた。

「貴様か……私は今機嫌が悪い。用向きがあるのならば後にしろ」

「まあそう言うな。それよりも望まれたなんて言っていたが、何のことだ？」

追い払おうとするも、不貞不貞《ふてぶて》しい態度でウェインは目の前の椅子《いす》に腰掛ける。

ディメトリオは苛立《いらだ》ちを顔に浮かべるが、何を言ってもウェインがすごすごと立ち去る様が思い浮かばず、やがて諦めたように舌打ちをした。

「……ただの戯言《ざれごと》よ。私は帝国の皇帝になれと望まれた。だから皇帝にならねばならん。それだけだ」

「……望まれたから皇帝にならねばならない、か。随分と追い込まれた物言いだな」

「事実であろう。今の私の状況を見て、余裕があるなど誰が思う」

酒のせいか、自嘲の笑みがディメトリオの口元に浮かぶ。

「皇帝の長男として生まれた私が皇帝になるのは必然だ。だというのに現実はどうだ。愚弟共《ぐてい》に出し抜かれ、軍は壊滅。領地では反乱。くそっ！　なぜだ！　私は、皇帝にならねばならぬというのに……！」

次第に怒りとも憎しみともつかぬ激情がこみ上げ、ディメトリオは語気を荒くする。

それを見つめるウェインの顔は、冷淡でも、悪辣《あくらつ》でもなく、意外なことに、憐憫《れんびん》だった。

「……なるほど、これは相当呪《のろ》われてるな」

「なんだと？　呪い……？」

「ディメトリオ皇子、同じ王族の誼《よしみ》で一つ助言しよう。人間の動機が単一であることは案外少ない。良くも悪くも、人の行動原理には多様な側面がある。ゆえに結果さえ呑《の》み込《こ》めるなら、人は人の好きな側面を選ぶことが許されるのだよ」

ウェインの言葉には揶揄《やゆ》するような気配はなく、確かな真摯《しんし》さがあった。しかしたとえ真剣なものであっても、その内容はディメトリオには響かなかった。

「……何が言いたいのかまるで理解できん。もういい、下がれ」

「それは残念。だが、下がるのは無しだ。本題がある」

「今度はなんだ。私は貴様に構っている暇は……」

酔いが僅かながら覚めたのか、そこまで口にしてから、不意にディメトリオは気づいた。

〈そうだ、なぜ思い至らなかったのだ。この状況でこやつがすべき行動など一つしかないではないか〉

本来は外様《とざま》も外様のウェイン。理由はなんにせよ、彼は他の二皇子を蹴《け》ってディメトリオ側についた。

しかしながら結果はこの有様《ありさま》。ディメトリオ陣営の敗北は必至。ならば彼がすべきことといえば、いかにして第二皇子、第三皇子の歓心を得るかしかない。そのために手っ取り早いのは、ディメトリオの身柄を両皇子の下へ持って行くことだろう。

そしてこの不貞不貞しい態度。恐らくは人払いもすみ、誘拐する手はずが整ったからこそだろう。声をあげても誰にも届かず、逃げようにも、酒が入ったこの足ではとても逃げ切れるものではない。

「……貴様、私の首をどちらに持っていくつもりだ」

裏切りと自らの間抜けさに怒りを滲《にじ》ませて、ディメトリオは問う。せめて言葉で時間稼ぎをして打開策を探ろうという想いがそこにはあった。

が、ウェインは小首を傾げる。

「ん？　何の話だ？」

「この期《ご》に及んでしらばっくれるな！　私の首を愚弟どもに捧《ささ》げ、ナトラと帝国の関係を修繕するつもりなのであろう！」

するとウェインはきょとんとした顔になり——それから腹を抱えて笑い出した。

「ははは！　良いアイデアだ！　——ただし、二番目にな！」

ウェインは目の前にある机に地図を広げて言った。

「私の要件はこっちだ。——手はずは整った。まだやる気があるなら、もう一度帝位を掴むチャンスがある」

「なっ……!?」

ディメトリオは椅子から腰を浮かせた。

チャンスがある。この状況から。目の前に差した光明に思わず飛びつきそうになるが、しかしそれよりも先に疑念が過《よぎ》った。

「い、いや待て……チャンスがあるとは言うが、ここからどうしようというのだ？　ほとんどの兵は帰郷したがっている。もう既に脱走者も多数出ているはずだ。残るのは千人もおらぬだろう。そんな人数で、愚弟達の軍に無謀な突撃でもしろと言うのか？」

「いや、その千人も含めて、帰りたい奴らは全員帰していい」

この言葉にディメトリオはギョッとなる。

「つまり……戦うつもりはないということか？　しかも、それで勝てると？」

「勝てる」

ウェインは断言した。

「ただし、容易な道筋でないのは確かだ。伸《の》るか反《そ》るかの賭《か》けに出るのは、ディメトリオ皇子次第になる」

「…………」

想像もつかない。ここからどうやって勝つというのか。本来ならば、戯《ざ》れ言《ごと》だ、と一笑《いっしょう》に付《ふ》すところだろう。

しかしディメトリオには、ウェインの言葉が嘘や冗談であるとは感じなかった。事実として、今のウェインにそんな冗談や偽りを口にする理由がない。

（本当にあるというのか、ここから勝てる道筋が……）

だとすれば、まだ自分に選択肢があるというのならば。

「……もはや躊躇《ためら》うまい。お前という毒を飲み干そう」

ディメトリオはその眼に激情を浮かべて言った。

「どんな手段でも構わん。私を勝たせてみせろ、ウェイン・サレマ・アルバレスト」

「任された。必ずやディメトリオ皇子に洗礼式を受けさせてみせよう」

かくして、バルドロッシュ軍とマンフレッド軍が決戦の準備をする裏で、ディメトリオとウェインは最後の一手のために動き始める。

軍配は誰に上がるのか。歴史に刻まれる決着が、もうじき訪れようとしていた。

◆◇◆

バルドロッシュ軍とマンフレッド軍。

両軍が都市ナルシラ近郊の平野で相まみえたのは、この地でディメトリオ軍が敗北してから、半月ほど後のことだった。

兵力は互いにおよそ一万。片やディメトリオ軍に打ち勝ったことで勢いに乗るバルドロッシュ軍。片や大義を掲げ憂国派閥からの支援を受けるマンフレッド軍。

世間から優位とみられていたのは、やはりバルドロッシュだ。その戦闘力の高さは先の戦いで証明されており、連戦という負担こそあるものの、高い士気がそれを補っている。

洗礼式自体は未《いま》だに執り行わずにいるのも、マンフレッドの掲げる大義への牽制《けんせい》となっていた。さらに憂国派閥ほどではないが、勝ち馬に乗ろうした周辺の商人や貴族から物資の支援を受けていることも大きい。長期戦でも十二分に構えられる余裕がある。

「そういうわけで私達は劣勢と捉えられてるようだが、どうする？　ストラング」

マンフレッド軍本陣。

居並ぶ指揮官達の前で、マンフレッドはストラングに問いかけた。

『直近でディメトリオ軍に勝利した体験を引き継いでいる相手方に対して、こちらの兵は全体的に浮き足立っています。兵を戦場の空気に慣らすため、初日は守備に徹して流しましょう」

すると家臣の一人が声をあげる。

「いささか消極的すぎるのでは？」

「まだまだ戦は始まったばかりです。今から熱くなっては心身が持ちませんよ。恐らく向こうも同じように今日は軽く当ててくるだけでしょう」

むう、と家臣は不満げに唸《うな》る。そんな彼に向かってマンフレッドが笑って言った。

「どうしても血が見たいというのであらば、卿を最前線に立たせてもよいのだがな」

「そ、それはご勘弁くださいい殿下」

本陣の中に笑い声が生まれた。

マンフレッドも口元を緩ませつつ、全員に向かって声をあげる。

「勝つための策は、ここにいるストラングが用意している。だが向こうも難敵だ。最大限の効果を発揮するには、相手の気力体力が途切れるタイミングを見極める必要がある。皆、心してかかってくれ」

「「ははっ！」」

指揮官達は揃って一礼し、それぞれの持ち場へ散っていった。


ストラングの予想通り、初日の戦運びは決戦と思えないほど慎重なものとなった。

ギリギリの距離から矢を撃ち合い、騎馬で敵軍の表面を掠《かす》めるようにして攻撃を繰り返す。距離を維持しながら歩兵で牽制し合う。そうしてお互いに敵の練度、戦術、急所などを探り合っているのだ。

そうこうしている内に日も暮れ、初日の戦いは終了する。両軍共に後方の野営地まで後退し、そこで束《つか》の間《ま》の休息を取る。

「本日の死者は二百。負傷者は三百。負傷者はほぼ全員が軽傷ですので、明日の戦にも参加できると思われます」

「ご苦労」

天幕の中。配下からの報告を聞き終えたバルドロッシュは、居並ぶ重鎮達に顔を向けた。

「予想していた通り、被害は軽微だな。これなら明日も問題あるまい」

重鎮達は力強く頷く。

「今日で敵方の感触も摑みました。明日は一気に切り崩せるかと」

「練度でいえばディメトリオ軍とさほど変わらない印象でしたな」

「うむ、これならば我らの相手ではありませんな」

昂揚《こうよう》した気持ちのまま、彼らは威勢の良い言葉を並べていく。

それをバルドロッシュは冷静な目で見つめながら言った。

「確かに初日の様子を見れば、我らが勝利は揺るぎないだろう。しかし戦場において、油断して気を抜いた者が真っ先に死んでいく、ということは忘れてはならん」

そんな主君の言葉は、しかし今の彼らには届かない。

「はっはっは！　殿下、何を弱気なことを」

「これは油断ではありませんぞ。事実を語っているだけのことです」

主君に諫《いさ》められてなお、口を噤《つぐ》むどころか饒舌《じょうぜつ》に喋り続ける。今宵の彼らはそれほどに昂ぶっていた。最後の障害であるマンフレッド軍が思いのほか手応えがないこと。そしてこれを突破すれば、自分達の主が皇帝になること。その二つが彼らを浮かれさせているのだろう。

「……ロレンシオ」

唯一、物静かに全体を見つめているロレンシオにバルドロッシュは水を向ける。なんとかできんか、という思いからだったが、ロレンシオは頭を振った。どうにもなりません、という意思表示だった。

「……もうよい、今日は皆下がれ」

これ以上は時間の無駄。そう判断したバルドロッシュは、ロレンシオ共々全員を下がらせた。

そして一人になったところで、彼は考える。

（これならばマンフレッドに勝てる。そう思ったのは俺とて同じこと。しかし懸念《けねん》はある。恐らく同じことを向こうも考えているだろう）

その懸念とは、すなわち第一皇子ディメトリオである。

実は一週間ほど前から、彼の足取りが掴めなくなっているのだ。

（兵と共に領地に帰ったと見せかけて、僅かな供回りを連れて姿をくらました。それもあのウェイン王子と一緒にだ）

ディメトリオだけならば、あるいは兵に裏切られ、討《う》ち取《と》られたとも考えられる。

しかしウェインが一緒に姿を消したとなれば、そんな楽観的な考えはありえない。

（まだ何か策を講じるつもりであると考えるのが自然。そしてそのつもりならば、どこかのタイミングでこの決戦に顔を出してくるはずだ）

ディメトリオ達が行方《ゆくえ》をくらませたという情報は、部下達にも共有しているが、危機感を抱いている者はほとんどいない。兵もいないのに何ができると、たかをくくっているのだ。そして同じ思いはバルドロッシュも少なからず抱いている。

（考えすぎで終わるのか、あるいは……）

思い耽《ふけ》るも、結論が出ないまま、夜は深くなっていく。

◆◇◆

二日目は、初日とは打って変わってバルドロッシュ軍が苛烈《かれつ》な攻めを行った。

雨あられと弓矢を放ち、歩兵をぶつけ、崩れたところを容赦なく騎馬で攻め込む。

怒号と悲鳴が戦場に溢れ、地面には幾重にも死体が折り重なった。

しかし意外なことに、それほどのバルドロッシュ軍の攻めを浴びてなお、マンフレッド軍は崩れなかった。それどころか、二日目を終えて結果を確認してみれば、両軍共に初日と同じく被害は軽微なままだった。

これは両軍が主力を温存したこと。また、バルドロッシュ軍の攻め手に対して、マンフレッド軍が巧みな用兵を見せつつ、懸命な守備に徹したことが理由だった。

さらに同様の展開は三日目、四日目と続く。こうなると逆に焦《じ》れてくるのは、押していたはずのバルドロッシュ軍だ。

「殿下、敵の守備が想定以上に厄介です。このまま先鋒をぶつけての競《せ》り合いでは、突破は困難かと」

「この調子ではいたずらに物資が消耗されていくばかりです。憂国派閥が背後についているマンフレッド皇子と消耗戦を行うのは避けたいところですな」

「やはりここは主力を動員し、一気に攻めかかって雌雄《しゆう》を決するべきでしょう」

家臣達の主張は、その端々から一刻も早く決着をつけたいという思いが滲んでいた。

本来、軍人として戦った経験が豊富な彼らは心身の持久力に長《た》けている。いつもならば十日、二十日と集中して戦に臨むこともできよう。しかしながら、三年目にしてようやく間近に見えた皇帝の座が、彼らの目を眩《くら》ませているのだ。

「むう……」

バルドロッシュは悩ましげに唸った。

一喝《いっかつ》して家臣達を落ち着かせるべきか。しかし先の洗礼式実施の是非を巡っても、彼らとは一時期対立してしまった。平時ならともかく、戦時において仲間内に亀裂を生じさせるのは避けたいところだ。

それに今日まで主力を温存していたのは、ディメトリオとウェインが姿を見せた時に素早く対処するためだったが、連中は影も形もない。継続して警戒はしておくべきだが、主力の運用については方向転換をするべきタイミングかもしれない。

そしてバルドロッシュは皆が見つめる中、ついに決断をくだした。

「……いいだろう、ならば明日、全軍を以て仕掛ける」

これに一同は喜びに沸いた。

「おお！　よくぞ決断してくださいました！」

「必ずや殿下の威光を敵方に知らしめて見せましょうぞ！」

「それでは早速準備に取りかかりましょう！」

誰しもが陣営の勝利を疑わないまま、明日のための備えを始める。

バルドロッシュがそこに危うさを感じていたその時だ。

「失礼します！」

慌ただしく伝令が天幕に飛び込んできた。

何事か、と問うまもなく、伝令は叫ぶ。

「我が軍の兵士達が次々と不調を訴えています！　――寄贈された食料に、毒が仕掛けられていた模様です！」

天幕の中に、驚愕《きょうがく》が駆け抜けた。

◆◇◆

「……成ったか」

五日目の朝。

対面に布陣するバルドロッシュ軍を見つめて、ストラングは小さく呟いた。

「殿下、計画は成功したようです」

「ああ、私の目にも明らかに向こうの兵が少なく見えるよ」

昨日までの両軍の被害は二千ほどになる。つまり何事もなければ、今日は互いに八千の兵士が布陣しているはずなのだが、実際に見えるバルドロッシュ軍の兵は五千ほどしかなかった。

「しかし初めて聞いた時は驚いたものだ。まさかバルドロッシュ軍への支援物資の中に、毒を混入させるとは」

皮肉なしに感嘆の意志をマンフレッドは示す。毒矢などを筆頭に、毒物を戦いに用いるという発想は古来より存在する。しかし、これほど大規模に活用した例はそうはないだろう。

そんな主君の称賛に、ストラングは頭を横に振る。

「大したことではありません。友人のモノマネですよ」

「私人として言わせてもらうが、友人は選ぶべきだな」

「ええ、選んだ結果の自慢の悪友です」

応じつつストラングは言った。

「先にディメトリオ軍と戦ったバルドロッシュ軍が、我が軍と戦うに当たって物資に不安を持つのは必定《ひつじょう》。そして一度勝利したバルドロッシュ軍という勝ち馬に乗ろうと、ここぞとばかりに周辺の有力者が支援を申し出るのも自然の流れです」

「その幾つかを抱き込み、毒を混ぜ、相手の陣地に搬入させる。物資が欲しいバルドロッシュ軍が全てを厳密にチェックするはずもない、か」

「仰《おっしゃ》る通りです」

ストラングは頷き、とはいえ、と続ける。

「姿が見えない三千の内、恐らく動けなくなったのは二千程。それも死者はほとんどいないでしょう。残りは体調に不安が残るか、看護のために割いたのでしょうね」

「そんなものか。もう少し強力な毒にはできなかったのかい？」

「強すぎる毒は即効性も高くなりがちです。それで早期に毒が混入していることに気づかれては、逆に被害が軽くなります。さらに死者には何も必要なくなりますが、生者は泣きも笑いもするし、食事も排泄《はいせつ》も必要とします」

「生きている方が足を引っ張るわけだ」

「はい。死者の重みは心に刻まれるのみですが、生者の重さは肩にのし掛かりますので」

そこでストラングは肩をすくめる。

「まあそもそも、致死性の毒を戦術として扱える量まで確保するということ自体が、あまり現実的ではないのですが。生産、精製、維持、管理と、コストが膨大になる上に、用途が限定的すぎますので」

「ああ、言われてみればそうだ。では君が扱ったものには別の役目が？」

「元は衣服の染料に使われる植物です。ですが長期間、あるいは大量に摂取すると体調不良に陥《おちい》る効能があります。これを飼い葉《かば》に、あるいは粉末にして食料に混ぜました」

まさに卑劣としか言いようがない作戦である。

献策されたのがディメトリオならば本能的に忌避《きひ》し、バルドロッシュならば武人としての矜持《きょうじ》から拒絶しただろう。

しかしマンフレッドは、先の反乱の扇動も含めて、迷わず策の実施を許可した。彼は自分が三男であり、手段を選り好みしていられる立場ではないと解っているからだ。

「それでここからどうする？」

「総攻めです。相手が動揺している今日で決めます」

「……全てが片付けば、私は洗礼式を執り行い、晴れて皇帝になるわけだ」

「即位された暁には、私の故郷の自治を認める件をお忘れなく」

「もちろん、功臣には報いるとも」

マンフレッドは気さくに応じた。

しかしその眼が笑っていないことを、ストラングは気づいている。

「それじゃあ未来の皇帝として、皆を鼓舞《こぶ》してくるとしよう」

上機嫌な足取りで去って行くマンフレッド。

その背を見送りながら、ストラングは小さく息を吐いた。

「上手く行っても行かなくても、楽じゃないな。……とはいえ、今は目の前のことか」

ストラングは改めて戦場を見つめる。

決戦の最終日が、始まろうとしていた。


戦局はそれまでと一転、マンフレッド軍の圧倒的な攻勢となった。

バルドロッシュ軍は毒によって生まれた兵力差はもちろんあるが、それ以上に士気へのダメージが甚大《じんだい》であった。倒れた仲間は大丈夫なのか、立っている自分は本当に大丈夫なのか、不安が兵の剣先と判断を鈍らせ、浮き足立たせていた。

対してこの好機にマンフレッド軍は奮起する。これまで一方的に殴られてきた鬱憤《うっぷん》を晴らすかのように、各所で戦果を上げていた。

卑怯《ひきょう》、卑劣とバルドロッシュ軍が罵《のの》ってきても、マンフレッド軍の勢いは止まらない。彼らからすれば、向こうこそ協定を無視して洗礼式に走ろうとした卑怯者なのだ。さらに、大義はこちらにあり、帝国を蝕《むしば》む害獣を駆除するために効率的な手段を取ったという認識を、マンフレッド自身が軍全体に浸透させた効果もある。

有《あ》り体《てい》に言って、バルドロッシュ軍は窮地に立たされていた。

「殿下！　第二防陣が抜かれました！」

「伝令が狙われている模様！　各所が状況を摑めず孤立しています！」

「中央の敵の足が止められません！　殿下、このままでは！」

本陣に矢継ぎ早に送られてくる報告は、悪夢のような現状をこれでもかと表している。

開戦から四日間はこちらが主導権を握っていた。翌日もそうなると誰もが思っていた。

しかし結果はどうだ。一夜明けて、状況は天地のごとくひっくり返っている。

「こんなことが、起きるというのか……」

敗北。その二文字が目の前に浮かび上がっている。

初日からもっと果敢に攻めていれば。贈られてくる物資に気を配っていれば。無意味と解っていても、そんな思いが脳をぐるぐると巡り続けた。

「殿下、お気を確かに……！」

傍《かたわ》らのロレンシオが苦悩を浮かべながら言った。

「かくなる上は、一旦《いったん》退却いたしましょう……！」

「退却だと？　どこに下がれと言うのだ！」

「ナルシラです。あの都市に籠もれば、さしものマンフレッド皇子とて簡単には手出しできぬでしょう」

「っっ……！」

バルドロッシュはロレンシオを睨み付《つ》けた。

「ナルシラは帝国人にとっての霊地！　それを盾にするような恥知らずになれというのか⁉」

「事ここに至っては、立て直すのに他に術《すべ》がございませぬ……！」

バルドロッシュ軍がナルシラではなく、自らの領地に撤退すれば、マンフレッドは追ってはこないだろう。

しかしそれはマンフレッドがナルシラで洗礼式を受け、皇帝に即位するということを意味する。バルドロッシュにとって、実質的な敗北だ。

「どうかお聞き入れくださいますようお願い致します！」

ここから軍を立て直すには時間がかかる。そして今その時間が稼げそうなものは、ナルシラという盾しか存在しない。バルドロッシュにも、それは理解できた。

苦渋の決断には数秒を要した。

「……ナルシラに後退する！」


バルドロッシュ軍の本陣が動いたことを、ストラングはいち早く察知した。

「矜持《きょうじ》よりも生き残る道か……」

あるいは武人らしく華々《はなばな》しい討《う》ち死《じ》にを求める可能性も考えていたが、どうやらバルドロッシュは皇子であることを選んだようだ。

しかし当然ながら、どちらであってもストラングの想定内である。

「予備の騎馬隊を出して回り込ませろ。退却する敵本陣を狙い撃つ」

「ははっ！」

「さらに全隊に伝令。もうじき敵は退却する。その背を存分に討てと」

ストラングの指示を受けて、伝令が各所に散っていく。

そして彼が示した通り、敵方の本陣がナルシラに退却するのと連動して、バルドロッシュ軍全体が後退を始める。その背を追うため、マンフレッド軍もまた一斉に前掛かりになり――

その隙を、グレンは見逃さなかった。


「全員、俺に続け！」

好機。

そう考えた瞬間、グレンは声を張り上げて馬を走らせた。

「隊長⁉」

味方と共に後退しようとしていた部下達が、グレンの行動に驚愕の声を上げる。

しかしそれ以上に驚いたのはマンフレッド兵の方である。これから敵の追走に入ろうとしていたところで、まさか追うべき相手が自ら迫ってきたのだ。咄嗟《とっさ》に身構えることもできず、騎馬の突撃を受けて文字通り吹き飛んだ。

「た、隊長！　待ってください！」

敵陣に傷口を作ったグレンはさらに奥へと突き進み、その後ろから彼の部下が慌てて追いすがった。

「隊長！　無茶です！　味方は全員逃げてるんですよ⁉」

「我々だけで敵の防御は抜けません！　敵軍の中で孤立します！」

彼の後に続く隊員は僅かに五百。周辺には数千の敵兵。無謀としか言いようがない状況に、しかしグレンは獰猛《どうもう》に笑う。

「いいや、敵の集中力が途切れた！　今ならば切り込める！」

グレンの言葉通り、不意を打ったとはいえ、先ほどまであれほど堅牢だった敵の守備が機能していない。このまま突き進むことができれば、到達するのは敵陣の最奥。友人であるストラングと、その主君マンフレッドがいる、敵本陣である。

「これより我らは敵本陣に突貫する！　——第三皇子を捕らえ、この戦争を勝利に導くぞ！」


「やられた……！」

突入してくるグレンの隊を見て、ストラングの顔に汗が滲《にじ》んだ。

本来バルドロッシュ軍より弱兵であるマンフレッド軍が、今日まで敵の猛攻を耐え凌《しの》げたのは、ひとえに意思統一の賜《たまもの》である。兵士一人一人が堅守に徹するという共通した意識を持つことで、意志の強さをそのまま陣形の堅固さに繋《つな》げられたのだ。

しかし今日、マンフレッド軍は攻勢に出てしまった。意識は防御から攻撃になり、バルドロッシュ軍が撤退し始めたことで、彼らの頭から守備という考えは吹き飛んだ。

そこにグレンの反転攻勢である。

あの尋常ならざる武力を前にして、防御を忘れたマンフレッド兵が耐えられるはずもない。事実、ストラングが見ている前で、グレンの部隊はどんどんこちらへ食い込んできている。

ストラングはすぐさま配下に指示を飛ばした。

「あの敵部隊の前に重装兵を三重に並べろ！　急げ！」

「はっ、はい！」

「一番近い騎馬隊はどこにいる⁉」

「騎馬隊は既に敵本隊の追走に入っています！　呼び戻すには時間が必要です！」

「チッ……！」

新興貴族が主体のマンフレッド派閥において、属している者達は当然ながら功名心の塊だ。誰もが隣の人間より一つでも多くの功績を立てようと躍起《やっき》になっている。そんな連中が、逃げる敵の背中を討つという絶好の機会を逃すわけがない。

「重装兵展開完了しました！」

「よし、これで――」

敵の騎馬の足を止めたところで、周囲の兵を動員し圧殺する。

そんなプランがストラングの脳裏《のうり》をよぎり、

「この程度で止まるものか！」

グレンの突撃によって、三重に並べた重装兵ごと吹き飛んだ。

「て、敵騎馬隊、止まりません！」

「……マンフレッド殿下を後方へ避難させろ！」

もはや本陣までにあれを止める手立てはない。必ずここに到着するだろう。

それを理解した上で、決意と共にストラングは言った。

「全員配置につけ！　これより全ての罠《わな》を起動準備！　本陣にてあれを迎え撃つ！」


「隊長！　敵本陣が見えました！」

向かってくる敵を次々と切り伏せながら進むことしばらく。

グレン達は遂に敵本陣を視界に捉えた。

「すげえ、あと一息だ！」

「これならいけるぞ！」

半信半疑だった隊員達も、この結果を前にして士気を向上させる。敗戦が決定的となった中で敵の総大将を捕縛できたとなれば、その功績は計り知れない。

「全員油断するな！　あの本陣には十重二十重《とえはたえ》に罠が仕掛けられているはずだ！　ここからが本番だと思え！」

声を張り上げて部下の心を引き締めるグレン。

その時、不意に彼の視線が一点で留まる。

敵本陣の中央、そこに立っている一人の男と、眼があった。

グレンは叫んだ。

「――来たぞ、ストラング！」


「――来たか、グレン」

名を呼ばれた瞬間、ストラングは不思議と笑みがこぼれるのを感じた。

この戦地においても変わらぬ友人の姿がそうさせたのだろうか。

ただ、そこまでだ。ここから先に友情が介在する余地はない。

ストラングは思った。

(この決した大局を覆しうる武力。相変わらず君の強さには感服するよ、グレン)

グレンもまた思った。
（我が軍をここまで追い詰めるとは、やはりお前の知略は侮《あなど》れんな、ストラング）
そして二人は、同じ確信へと至る。
（だからこそ、ここで仕留める他に無い――！）
迫るグレン。迎え撃つストラング。
ストラングの知略がグレンを呑み込むか。
あるいはグレンの武勇がストラングを凌駕《りょうが》するか。
天地が震える中、決着の時が訪れようとし――

「――全員、即刻武器を下ろせ！　これは帝国より発令された停戦命令である！」

横合いから、最高のタイミングで、何者かが殴りつけてきた。

◆◇◆

「停戦⁉　一体どういうことだ⁉」
「何だそれは、誰がそんなことを⁉」

その戸惑いと怒りは、両軍問わず戦場全域で生じていた。

次期皇帝を決めるための一大決戦。その決着がつく寸前のところで、どこの所属かも知れぬ連中に水を差されたのだから、当然の反応である。特に優位に立っていたマンフレッド軍は、構わず攻撃を続けようとした。

しかし、彼らはすぐさま気づく。

「お、おい、あれを見ろ……！」

戦地となった平野のすぐ近くに、いつの間にか兵団が待機していたことに。

しかし彼らが驚いたのは、一団そのものではない。真に注目したのは、彼らが掲《かか》げる旗だ。

それは第二皇子のものでも、第三皇子のものでも、第一皇子のものでもなかった。

「――皇帝陛下の旗だぞ、あれは」

帝国においても最も神聖なる旗。疎《おろそ》かに扱えばそれだけで首が飛ぶ。間違っても嘘偽りで掲げられるものではない。

「だったらあの兵団は帝国軍……それも皇帝直属の⁉」

「お、おい、まずいぞ！　全員武器を下ろせ！」

皇帝亡き後であろうとも、皇帝の持つ権威は絶大だ。皇帝の旗の下に停戦が布告されたと気づくや否《いな》や、両軍の兵は我先にと武器を捨てていく。

「で、でもよ、陛下はとっくにお亡くなりになったはずだろ？」

「そうだよな、陛下の代わりに直属の兵団を動員できる人間なんて……」

多くの兵はその疑問の答えが出ずに頭を捻る。

しかし一部の高官達は知っていた。

帝国においてただ一人、皇帝不在時に代理として運用する権限を持つ者の存在を。

そして件の部隊より派遣された伝令は、その答えを口にした。

「これより後、ナルシラにて宰相ケスキナル閣下が会談の場を設ける！ 両軍の代表、バルドロッシュ皇子とマンフレッド皇子は共にこれに参加されたし！」

剣戟《けんげき》の途絶《とだ》えた戦場に、ざわめきが駆け抜けていった。

◆◇◆

部屋の空気は、端的に言って最悪だった。

原因は明白だ。第二皇子バルドロッシュと第三皇子マンフレッド。この二人が、今にも爆発《ばくはつ》しそうな空気を作りながら睨み合っているからである。

さらに彼らの背後にはそれぞれ護衛の兵士達が数人控えており、主君の命令が下りればすぐにでも相手に斬りかかるという思いを、互いに隠そうともしていない。それがまた部屋の中に圧力を生んでいた。

「……全く、最悪のタイミングで茶々を入れてくれたものだよ。おかげで私の勝利が台無しだ」

不意に、マンフレッドが口を開いた。

「バルドロッシュ、君は逆に感謝してるんだろうね。ケスキナルの介入のおかげで、今も首と胴体が繋がっているんだからさ」

「……あまり調子に乗るなよマンフレッド」

バルドロッシュは怒りを滲ませた声音《こわね》で応じる。

「あのような卑劣な手段でよくも勝利を誇れるものだな。それも相手は同じ帝国人だぞ。貴様には最低限の良識というものすらないのか？」

「ははは、毒は卑怯で剣で殺すのは公正だっていうのかい？　随分と君達軍人に都合が良い価値観じゃないか。そんな歪んだ認識をしているから、足をすくわれるんだよ」

両者の間に火花が散った。何か些細《ささい》なきっかけ一つで、戦争の続きが勃発しかねない危うさである。

その時、部屋の扉が開いた。

「——失礼、遅れました」

現れたのは帝国宰相ケスキナルだ。その背後には幾人かの兵が付き従っており、その内の一人を見てバルドロッシュは唸った。

「……サイラス将軍、貴様ケスキナルについたのか」

サイラス。フラム人であり、かつてウェインを、そして今はフラーニャを自らの館で歓待している貴族にして、帝国軍将帥の一人である彼は、皇子の言葉に小さく微笑んだ。

「いいえ殿下。陛下直属の部隊を動員しておきながら、指揮する将の一人もいないようでは恥というものでしょう。私は兵を動かすという点以外の介入をするつもりはございませんので、どうぞお気になさらず」

「いや本当に助かりましたサイラス将軍。私は兵を養う予算を捻出《ねんしゅつ》することならできますが、動かし方は解らないもので。しかし軍隊とは何度見ても不思議ですね。隊という枠にありながらその中身は流動的、さながら蝶《ちょう》のサナギのようにも思えます。ああ、サナギの中にドロドロの液体が詰まっているのをご存知ですか？　芋虫《いもむし》が溶けて液体になり、それが変じて蝶へと至るわけですが、果たして蝶と芋虫は連続した存在と言えるのでしょうか？　中身が同じというだけで姿も形も違えば、それは別の存在のように思えます。味も違いましたし」

「ケスキナル卿。両殿下がお待ちしておりますので、大変興味深いお話ですがその辺りで」

「おおっと、失礼しました。ではこれの続きは後ほど」

ケスキナルはサイラスに向かって頭を下げた後、皇子達に向き直る。

「……それじゃあケスキナル、説明してもらおうか」

マンフレッドが口を開いた。

「一体何のつもりで私の邪魔をしたのかな？　君は私達の帝位争いには中立の立場だったはず

だろう?」

「中立というのは些《いささ》か語弊があります。私の裁量が及ぶ範囲内において、皆様が陛下のご子息であることを尊重する、というだけです。実際に過日、看過《かんか》できない事態が発生し、これに介入いたしました。お二方もご存知ですね?」

「ディメトリオの阿呆《あほう》の領地で起きた反乱だな」

バルドロッシュはせせら笑った。

「庇護《ひご》すべき領民に蜂起《ほうき》されるとは、なんとも無様な話だ」

「全くだね。同じ皇子として、恥ずかしい限りだよ」

仕向けた張本人でありながら、マンフレッドは嘲笑《ちょうしょう》を浮かべる。バルドロッシュも続けて言った。

「まあ、無理もない。いかに皇帝の子であろうとも、母親がどこぞの小国出身ではな。皇帝の血の威容も損なわれるというものだ」

「当の本人はその母親に執着してるみたいだけどね。不用意に名前を出しただけで烈火《れっか》のごとく怒り狂うとか。あるいはそんな兄だからこそ、反乱なんて引き起こされてしまうのかな」

本人がいない場で――仮に本人がいても気にしなかっただろうが――二人はディメトリオを貶《おとし》める。長兄は既に失脚が確定した。それが両者における共通認識だった。

しかし、そんな二人に向かってケスキナルは言う。

「両殿下のお言葉で安心いたしました。これならばつつがなく解決されることでしょう」

「どういうことだ？　何が言いたい」

「私が今日、この地を訪れたのは両殿下に通告するためです」

　ケスキナルは一息挟み、言った。

「――現在、両殿下及びその派閥に属する方々の領地にて、大規模な反乱が発生しています。これより速やかに領地に帰還し、反乱を鎮圧して頂きたい」

「「なっ……!?」」

　ケスキナルを除いた全員が、驚愕に眼を見開いた。

「は、反乱だと!?　俺の領地で!?」

「何だそれは！　そんな馬鹿な！」

「事実です。決戦のために領地から人を引っ張りすぎたあまり、領地からの報告が遅れているようですね。そして――」

　ケスキナルが言いかけたその時、部屋の外から乱暴な足音が届いた。

　そして扉が勢いよく開かれ、部屋に現れた人物を見て、バルドロッシュとマンフレッドは目を剝いた。

「どうやら揃っているようだな」

「姿を見せても場が荒れるだけでしょうに」

「ふん、そんな配慮が愚弟共にいるものか」

「いやはや、仲のよろしいことで」

傲慢《ごうまん》に鼻を鳴らすのは、アースワルド帝国第一皇子ディメトリオ。

その横で呆れた顔をするのは、アースワルド帝国第二皇女ロウェルミナ。

そして二人の一歩後ろで苦笑いを浮かべるのは、ナトラ王国王太子ウェイン。

此度《こたび》の騒乱の中心人物たる三人が、そこに立っていた。

◆◇◆

「なんだ、これは一体どうなっている……⁉」

バルドロッシュが困惑を露《あら》わにする。護衛の兵士達も同様で、まるで事態についていけずにいた。

しかし一人、マンフレッドは違った。

ウェインの姿を認めるや否や、彼の頭脳はある可能性を導き出した。

ディメトリオの領地で起きた反乱。ケスキナルの介入。姿を消したディメトリオとウェイン。

そして今度はこちらの領地で起きた反乱。それらが重なり、生まれてくる答えは――

「……反乱を止めなかったんだな、ウェイン王子」

マンフレッドの声が震える。

まさかと思った。ふざけるな、とも。しかしこれが正解だと、彼は確信した。――反乱の火を、

「それどころか君は、ディメトリオ領内の反乱を逆に煽《あお》って延焼させた。

私達の領内に届かせるために！」

「な、何だと……⁉」

バルドロッシュとマンフレッド、二人の皇子の刺すような視線がウェインに向けられる。

それを真《ま》っ直《す》ぐに受け止めて、ウェインは、

「いやあ、何のことか解らないなあ」

あまりにも不貞不貞しく、笑ってみせた。

「私がここにいるのは、ただの付き添いだとも。なあ？　ディメトリオ皇子」

「その通りだ。くだらぬ言いがかりは貴様の品位を貶《おとし》めるだけだぞ、マンフレッド」

ウェインの言葉に、ディメトリオもまた余裕の笑みで同意する。

その姿は、マンフレッドの言葉が正解であることを、これ以上無いほど示していた。

（――全く、すさまじき毒があったものよ）

全てを知るディメトリオをして、今もなお恐るべき発想であると戦慄《せんりつ》せざるにいられない。

領地の反乱とは、足下に火をかけられたも同然のこと。誰であっても真っ先に火を消すこと
を考えるだろう。

しかしウェインは違った。この火を消していてはそれまでに敗北が確定する。そう見切ったウェインは、皇子達とそれに属する派閥の領地の多くが隣接していることに着目し、残っていたディメトリオの兵を総動員して反乱を加速。領地の外にまで延焼させたのだ。熱いから消そうではなく、熱いからお前も燃えろという、離《はな》れ業《わざ》じみた道連れである。

「……では、こういうことか？」

バルドロッシュは怒りで歯を嚙《か》みしめた。

「我ら三人とも領地で乱が起こり、帝位争奪などしている場合ではなくなった。これまでの戦いは、全て無為なものとして、帰郷しろと……！」

認めがたい結論に、苦悩に満ちた声が漏《も》れる。

しかし残念ながら、現実はそうではなかった。

「いいや、違う」

現実は、バルドロッシュの語った結論よりも、遙《はる》かに悪い事態なのである。

「帰るのは愚弟共、お前達だけだ」

は？　という顔になる弟二人に、ディメトリオは言った。

「俺の領地の反乱は、既に解決しているのだからな」

「「なっ……⁉」」

両皇子は目を見開き、慌ててケスキナルを見る。すると彼は、ゆっくりと頷いた。

「ディメトリオ皇子のお言葉通り、かの領地における反乱は、沈静化が確認されております」

「そんな馬鹿な！」

　叫んだのはマンフレッドだ。

「私達の領地に届くまでに拡大した反乱だぞ⁉　治安を回復させようにも、ディメトリオの派閥の人間は先の戦いで大量に戦死し、物資も失った！　いかに先んじて対処する時間があったとはいえ、人も物も足りる、はず、が……」

　言葉は最後まで紡《つむ》がれなかった。

　その時、マンフレッドの眼に映ったのは、ウェインやディメトリオの横で、穏やかに微笑むロウェルミナの姿。

　それを見た瞬間、彼は全てを理解した。

「ロウェルミナ、お前が――！」

「ええ、ご想像の通りです。マンフレッドお兄様」

　ロウェルミナはさも痛ましげに胸に手を当てた。

「反乱に巻き込まれた民は当然、反乱を起こした民も決して悪ではありません。以前から私が懸念していた通り、帝位を巡る争いによって生まれた犠牲者です。彼らを救済してこそ、憂国の士というものでしょう？」

　ロウェルミナは続ける。

「幸いにもディメトリオお兄様から領内での活動の自由と、反乱に参加した民に対する穏当《おんとう》な処罰は確約して頂きました。帝国の民のため、私は憂国派閥を動員し、治安の回復に当たらせて頂いたのですよ」

この計画を持ちかけたのはウェインの側である。

フラーニャを介して連絡を取り、結果としてディメトリオは領内の安定を、ロウェルミナは憂国の士としての名声を得たのだ。

ここにニニムがいれば、ウェインとロウェルミナを見ながらさぞ呆れたことだろう。

初めはロウェルミナがウェインを謀略で絡《から》め取り、ディメトリオ陣営へとつけた。

するとウェインは謀略を逆手にとり、ロウェルミナに賭け金の上乗せをさせた。

そうして互いに出し抜くタイミングを考えていたにも拘《かか》わらず、マンフレッドの策謀でディメトリオ陣営が負けそうになれば、一転、共闘の道を迷わずに選んでみせたのだ。

二人の間に怒りや憎しみといった私情は無い。あるのは圧倒的な私利私欲のみである。

「さあ、これで解っただろう。ここに残って洗礼式を受けるのはお前達ではない。この私だ」

ディメトリオは傲然と言い放つ。

仮にディメトリオがこの場にいなくても、そしてケスキナルから領地の治安回復を言い渡されていなくても、両皇子にとっては苦しい状況だったろう。相手を皇帝にしないためには、都市ナルシラから離れるわけにはいかない。しかしそれでは領地が燃え上がり続ける。足下の火が全身に回るのを自覚しながら、相手と睨み合い続けなくてはいけないのだ。

「……認められるものか！」

バルドロッシュは握り固めた拳《こぶし》を机に叩きつけた。

「どいつもこいつも、何だこれは！ こんなくだらん謀略の結果で皇帝が決まるだと⁉ ふざけるな！ 俺は断じて認めん！」

叫びながらバルドロッシュはマンフレッドを見る。

「マンフレッド！ 貴様もこの結果を受け入れるつもりはあるまいな⁉」

「……ああ、そうだね。そのつもりはないよ」

するとディメトリオは嘲《あざけ》るように問う。

「ほお、認めないのならばどうするというのだ」

「……俺とマンフレッドの分を含めれば、兵力差は歴然であろう」

バルドロッシュの手が腰元の剣に伸びた。それを見て、その場にいる全員が身構える。理屈で排除できない邪魔な相手を物理的に排除するというのは、古今東西《ここんとうざい》で当たり前のように行われてきたことだ。

しかしそこにウェインが口を挟んだ。

「果たして、どちらの仕業《しわざ》になるのだろうなあ」

一触即発の空気に似合わない、暢気《のんき》さすら感じられる言葉に応じるのは、ロウェルミナだ。

「何がですか？　ウェイン王子」

「ここでディメトリオ皇子や、私、ロウェルミナ皇女、ケスキナル卿が死んだとして、その責任は両皇子のどちらになるのかと思ったのですよ、ロウェルミナ皇女」

　すると彼女は少しばかり思案してから、小さく笑った。

「それはもちろん、バルドロッシュお兄様になるでしょうね」

「やはりそう考えるのが自然ですか」

「ええ。ここでは共謀という形で収めても、マンフレッドお兄様はすぐに罪を着せるための工作をするでしょう」

　これにはバルドロッシュとマンフレッドが息を呑んだ。

「マンフレッドお兄様にとっては好機ですからね。余裕を見せていても、バルドロッシュお兄様をあの戦場で仕留められなかったのは失敗でした。時間が経《た》つほどバルドロッシュ軍から毒も抜け、力を取り戻しますから。もう一度まともに戦えば、今度こそ負けるでしょう」

「皇族殺し、同盟の王族殺し、宰相殺し……そういった汚名を着せられるチャンスが回ってくれば、逃がすことはしないと」

「それはもう」

　ロウェルミナはバルドロッシュを見た。

「でも、仕方ありませんよね？　だって先にマンフレッドお兄様を裏切って洗礼式を行おうとしたのは、バルドロッシュお兄様ですもの。誰かを裏切るような人間は、誰かに裏切られるのが常というものです」

バルドロッシュが唇を噛む。僅かに生じたバルドロッシュとマンフレッドの協調の空気。それが一瞬にして消し飛んでしまった。

マンフレッドは吐き捨てるように言った。

「…………我が妹ながら、最悪の性格だな」

「まあひどい。そんなことありませんよね？　ウェイン王子」

「あ、そこはノーコメントで」

「ちょっと」

ロウェルミナはウェインの腕をつついた。

「……そろそろ結論を出して頂いてもよろしいでしょうか」

ケスキナルがおもむろに言った。

「両殿下が領地に帰還して治安維持に努めるというのであれば、私は何も申しません。しかしこの地に残り諍《いさか》いを続けようというのであれば、領地を治める資格は無いものとして、帝国宰相の名の下に領地を接収いたします」

部屋の中に重苦しい沈黙が降りた。

そして幾ばくかの沈黙の時間が過ぎた後、口を開いたのはマンフレッドだった。

「……解った、帰還しよう」

「マンフレッド⁉」

これに何より驚いたのはバルドロッシュだ。

「本気か⁉　ここで退くことの意味を理解しているのだろう⁉」

「ならばここで領地が燃え尽きるまで睨《にら》み合うかい？　私はごめんだ。そんなことをすれば、たとえチャンスが巡ってきても動けない」

「ぐっ……だが……！」

「悪いけど方針を決めた以上、議論している間も惜しい。私は失礼させてもらう」

マンフレッドは立ち上がった。

「君達にはしてやられたよ。だが、次もこうなるとは思わないことだ」

ウェインとロウェルミナにそう言い残すと、マンフレッドは護衛と共に部屋を出て行く。

そして残されたバルドロッシュは、長い沈黙と苦悩の末に、絞り出すように言った。

「……我々も、撤退する」

◆◇◆

ナルシラ周辺に駐留していた両軍は、皇子達の打ち出した帰還命令に戸惑い、中には反発した者もいた。

しかし領地で反乱が起きていると知ると、彼らの多くは態度を一変させた。主が皇帝になれたとしても、自分の領地が燃え尽きていては意味がない。反対意見はじきに小さくなり、やがて両軍共に撤退の流れとなった。

「ロレンシオ閣下、失礼します」

バルドロッシュ陣営。

野外に設営された陣幕の中にグレンが顔を出すと、そこには力なく項垂《うなだ》れたロレンシオの姿があった。

「……グレンか」

ロレンシオは顔を上げてグレンの姿を認めるも、すぐさま視線を地面へ落としてしまう。つい数日前までは矍鑠《かくしゃく》とした人物だったのが、ここにきて急激に老け込んでしまっていた。

「撤退の準備がもうじき整いますので、そのご報告に。負傷者及び毒で倒れていた者達も、多くが復調して行軍可能です」

「…………」

滔々《とうとう》とグレンは告げるが、ロレンシオの返事はない。それほど敗北が衝撃だったのだろう。

ロレンシオに限らず、派閥の重鎮達はみなこのような有様だ。

（もっとも、一番失意の中におられるのはバルドロッシュ殿下だろう……）

ディメトリオ軍を打ち破った時から、まさかこのような事態に陥るとは、一体誰が予想できただろうか。あと少しで帝位を摑みかけていただけに、落胆はより深い。

「我々は、どこで間違えたのだ……バルドロッシュ殿下の道が閉ざされるなど……」

ロレンシオは悪夢を振り払うかのように頭を揺らす。しかし彼が直面しているのは夢ではなく現実で、いかに頭を振ろうと消えることはない。しかしそれが解っていても、どうしようもない時があるのだ。

「グレン……貴様があそこで、第三皇子を仕留めていれば……」

「……」

ロレンシオの言う通り、あそこでマンフレッドに刃が届いていれば、何かが違っていただろうか。あるいはもっと前、洗礼式を求める民意がウェインの工作であると、無理にでもバルドロッシュに伝えていれば、違う結果に到達していただろうか。

（……解らんが、仕方あるまい）

グレンも派閥に属する者として、上役の叱責《しっせき》を甘んじて受け入れるつもりはあった。

しかしロレンシオもさるもの。自らの言葉が八つ当たりでしかないと気づいたのだろう。寸前のところで罵倒《ばとう》を呑み込み、やがて小さく言った。

「……許せ、つまらぬことを口にした」

「はっ。いえ、お気になさらず」

悔やむ心を抱えたまま、掴めなかった未来の影を追いかけたところで、得るものなど何も無い。そんなことは誰もが知っていることで、しかし、知っていてもどうしようもない時があるものなのだ。

「帰還準備を急がせろ。バルドロッシュ殿下のためにも、今は領地に帰還し、安定させることが第一である」

「はっ、かしこまりました」

かくしてバルドロッシュ軍は、意気消沈しながら自らの領地へと帰還する。

その有様は、バルドロッシュとその派閥の持つ力が、今回の一件で大いに失われたことを、如実に現していた。

「よろしいのですか？　本当に撤退して」

一方の、マンフレッド陣営。

多くの人員が移動のために準備する中、ストラングはマンフレッドに問いかけた。

「これで皇帝はディメトリオ皇子となりますよ」

「そうなるね。もちろん良くはないさ。腸《はらわた》が煮えくりかえる気分だよ」

マンフレッドは肩をすくめる。

「だが仕方ない。今回は私の負けだ。見事にしてやられた」

「負けたのは私の策かと。まさかこちらの起こした反乱を利用されるとは予想外でした。申し訳ありません」

「それを採用したのは私なのだから、私の負けだよ」

マンフレッドは、それよりも、と問い返す。

「君こそ良いのかい？　私が負けたとなれば、君の故郷に対する保証も消えることになるが。ディメトリオは属州に対して無関心だよ」

「即位したのが属州に対して苛烈なバルドロッシュ皇子でないのならば、最悪は避けられたと考えられます。それに今回の件でロウェルミナ皇女がディメトリオ皇子と誼《よしみ》を結んだようですので、彼女を経由して私の故郷に便宜《べんぎ》を図ってもらおうかと考えていました」

「あーやだやだ、この割り切りの早さ。これだから利益で繋がっている輩は」

ぞんざいに嘆いてから、マンフレッドはふと違和感に気づく。

「考えていた？」

するとストラングは言った。

「数年の付き合いではありますが、殿下がそう簡単に諦める性分でないことは承知しています。その殿下がこうも簡単に退いたということは、何か腹案があるのでは？　と」

「……なるほど、なかなか目ざといね」

マンフレッドは感心したように頷いて、

「絶対にそうだと決まったわけじゃないのだけどね、気になるところがあるんだ」

「と、言いますと？」

「ロウェルミナだよ。私はあれが女帝を狙っているものだと考えていた。だというのに今回は
ディメトリオが皇帝になる補佐をしている」

「……狙っているというのが勘違いか、女帝になるのを諦めたか」

「ここから、ひっくり返す手を握っているか」

マンフレッドはふっと笑った。

「その場合はまだ荒れる可能性がある。だったら、力は残しておくに限るだろう？」

「納得しました」

説明を終えたところで、マンフレッドは離れた場所のナルシラを見やる。

そこにいるディメトリオ、ロウェルミナ、そしてウェイン。

果たして彼らの思惑は、どうなっているのか。

「……何にしても、私に都合の良いように回ることを祈るばかりだ」

ナルシラにおいて、霊的な価値を持つ施設は二箇所ある。

一つは代々の皇帝が眠る霊廟だ。しかしながら、これはナルシラの都市内部ではなく郊外に置かれている。施設として巨大なため、都市内部に擁《よう》すると都市機能を阻害するのだ。

そしてもう一つが、洗礼式を行う祭祀場である。都市中心部に位置し、代々の皇帝の霊がここから帝国を見守っているとされる。

皇位継承者は、ここで司祭を介して祖霊から次なる皇帝として承認を授かり、それを以《もっ》て帝都の民衆の前で即位を宣言するのだ。

その祭祀場に今、ディメトリオは派閥の重鎮達と共に、足を踏み入れていた。

「ここがそうか……」

祭祀場に華美な装飾などはない。しかし僅かな灯りで照らされるそこには、思わず身を正してしまいそうになる、厳粛な空気が漂っていた。

「洗礼式の準備はどうなっている？」

ディメトリオが傍らの部下に問う。

「はっ。バルドロッシュ皇子の下で準備を進めていたこともあり、数日中には完了すると」

「そうか……ふふ、そうか」

ディメトリオは肩を震わせた。

「私が皇帝になる……この私が！」

体の深奥より、歓喜と興奮がこみ上げる。

無能と蔑《さげす》まれてきた日々。事実として弟にも妹にも劣る才覚。他者が認めるのは、皇帝の最初の子供というところだけ。そんな自分が、ついに頂きに立つのだ。

「良かったじゃないか、ディメトリオ皇子」

「本当に。喜ばしいことですね、お兄様」

そう声をかけるのは傍に居たウェインとロウェルミナである。他国の王子ながら、最後までディメトリオを見捨てず、ここまでの立役者となったウェイン。派閥の人間を動員し、反乱の治安維持に協力したロウェルミナ。この二人がディメトリオの近くにいようとも、誰も異論を挟むことはない。

しかし今のディメトリオの目に、二人の姿は映らなかった。彼の目には、今やこの世にいない母の背中が浮かんでいた。

(母上……)

——偉大な皇帝になるのですよ。

そう告げる母の愛を疑ったのはいつだろう。

贈った花輪が無惨《むざん》に捨てられたのを見た時か。

微笑む母の瞳が氷のように冷たいことに気づいた時か。

僅かな不審は積み重なり、暗い疑心となって胸の中に渦巻くようになった。

この疑惑を晴らしたかった。敬愛する母に愛されていたのだと確信したかった。けれどそれが叶《かな》う前に、母と死別してしまった。

（これで私は……）

だから母の言葉通り、偉大な皇帝になることを決意した。

自分が帝国を繁栄させれば、母は帝国の人間として帝国を愛していたことになる。そうすればきっと、母は我が子も愛していたのだと、証明できると信じて。

（ようやく、一歩目を踏み出せる……！）

ディメトリオは祭祀場の中へと歩を進めた。

それは自らが皇帝になることを確信しての歩みだった。

ここまで至れた達成感と、ここから偉大な皇帝へと成りおおせる使命感で、ディメトリオは今まさに、幸福の絶頂にあると言って差し支えなかった。

そして。

「——お待ちください、その洗礼式の実施は許可できません」

登り切った先には、落ちる運命が待っている。

◆◇◆

ざわり、とその場にいた者達に戸惑いが伝播《でんぱ》した。

全員の視線が向かうのは、背後、祭祀場の出入り口。

そこに立っていたのは、サイラスを筆頭に数人の護衛をつけた宰相ケスキナルであった。

「……どういうことだ、ケスキナル」

ディメトリオが慎重に口を開いた。

「私は機嫌がいい。今ならば気の迷いからなる妄言であったと、聞き流してやらんでもないぞ」

「いいえ、その必要はありません」

ケスキナルはディメトリオに向かって歩きながら、繰り返す。

「ディメトリオ皇子、貴方がこの地で洗礼式を行うのは、帝国宰相として認可できません」

「何をほざくか！」

ディメトリオは声を張り上げた。

「領地の反乱は治めた！　愚弟共は帰還した！　貴様が私を止める理由など一つもなかろう！」

「それがあるのです、殿下」

ケスキナルはあくまでも淡々と告げる。

「過日よりディメトリオ殿下には、その帝位継承権に重大な疑義《ぎぎ》がかけられているのです」

「私の継承権に疑いだと⁉　どこに疑う余地がある！　私は！」

「い、い、い、い、い、い、い、い、皇帝の御子であらせられないぃ」

ケスキナルの言葉が、矢のように突き刺さった。

「その可能性が、現在浮上しているのです」

「────」

その場にいる全員が言葉を失った。

ケスキナルの言葉の意味を理解できず、一様に唖然《あぜん》とする様は、間の抜けた光景だった。

しかしながら彼らの反応を誰が責められようか。帝国の第一皇子として長年過ごしてきたディメトリオ。その彼がまさか、皇帝の子ではないかもしれないなどと言われては、頭が真っ白になるのもやむをえぬことだろう。

「な、にを……何を言っている……？」

震える声音でディメトリオが言葉を紡いだ。

「私が、私が皇帝の子ではないだと？」

その問いかけには、あるいは聞き違いだったのではないか、という期待が含まれていた。

しかしケスキナルは、今し方口にしたことを翻《ひるがえ》しはしなかった。

「はい。それゆえ、疑いが晴れるまで認めることはできません」

「…………」

ディメトリオは何事か口にしようとし、しかし言葉にならず、それを数回繰り返した後——

その眼から、怒りが噴き出した。

「……ケスキナル！　貴様の言、もはや冗談ですむものではないぞ！」

ディメトリオが叫ぶと、周囲の家臣達もようやく我に返る。

「そ、そうだ！　突然何を言い出すかと思えば、妄言《もうげん》にも程がある！」

「殿下が陛下の御子でないなどと、そんな馬鹿げたことがあるものか！」

「何を証拠にそのようなことを！」

烈火のごとく叫ぶ家臣達。彼らの激昂を真っ正面から浴びながら、しかしケスキナルは動じることもなく、おもむろに懐《ふところ》から一冊の本を取り出した。

「これをご覧下さい」

「何だそれは……日記？」

「いかにもその通り。——今は亡きディメトリオ殿下のお母君、第一皇妃様の日記です」

一同がぎょっと目を剝いた。

ディメトリオの母親。彼女について安易に触れることは、ディメトリオ派閥において最大の禁忌《きんき》とされている。

「皇妃様の故郷たる国が帝国に併合されて以来、皇妃様が帝国に怒りと不満を抱いているという噂《うわさ》は、皆様も耳にされたことがあるかと思います」

「う、噂であろう！　そんなものは！」

「ええ、ですがこの日記を読み解くに……帝国への憎しみは本物だと考えられます」

ケスキナルは無造作に本をめくり、ページを開いて皆に見せる。

そこにはびっしりと、余白すら無くなるほどに、帝国に対する恨《うら》み辛《つら》みが書き連ねられていた。文字の端々から感じられる情念の深さは、それだけで息を呑むほどの迫力があった。

「そしてこのページ。ここにはとある計画が記されておりました。――それは、帝国への復讐《ふくしゅう》のために、帝室の血を継がぬ子を帝位に据える、というものです」

「……馬鹿な！」

ディメトリオはケスキナルの手から日記を力ずくで奪い取った。

「こんなものが母の日記だと⁉　私は見たことが……な、いや、これは……⁉」

日記を持つディメトリオの手が震えた。

日記に見覚えはない。帝国への憎悪を記した呪詛《じゅそ》じみた内容は、目を背《そむ》けたくなるほどだ。

しかし日記に書き連ねられている字は、紛れもなく母のものだった。

「こ、この字はまさか……」

「そんな……いや、これは皇妃様の字……」

日記を覗《のぞ》き込むようにしていた家臣達も息を呑む。

そんな彼らに追い打ちをかけるようにケスキナルは言う。

「その日記の情報を下に、当時の記録を調べ直したところ、確かに皇妃様が妊娠されたであろう時期と、陛下が皇妃様の下に通っていた時期に、僅かながら齟齬《そご》が見受けられました。当時を知る者の証言も入手しております」

「だ、だが妊娠の兆候が判明するのは個人差があろう！　正確なところなど解るものか！」

「それゆえに、疑義でございます」

ケスキナルは恭《うやうや》しく告げた。

「この件は帝国宰相として、総力を挙げて追跡し、調べ上げる所存です。その結果疑いが晴れた暁には、私は自ら首を切り落として謝罪いたしましょう。しかしながら、その結果が出るまでは、即位を控えて頂く他にありません。――皇室の血に連なる人間以外が帝位につくことが、決して許されないことは、皆様にもご理解頂けるかと」

祭祀場に再び沈黙が降りた。

信じられない、という面持ちで、誰もがディメトリオを見ていた。

皇室の血を引いていることは、皇帝になるための絶対的条件、大前提だ。だからこそ帝国の有力者達は皇子三人の誰かを支持し、皇帝にしようと画策していたのである。

その大前提が、崩された。

ディメトリオが皇帝の子ではないとしたら、彼が皇帝になることは絶対にありえない。

仮に疑いが晴れたとしても、この機会を逃したとあっては、他の皇子達を差し置いて再びナルシラを訪れられる可能性が、どれほどあるか。

「そんな、馬鹿な……」

ディメトリオはふらふらと、おぼつかない足取りで二歩、三歩とその場から下がる。手から日記が滑り落ち、同時にその膝《ひざ》から力が抜けて床についた。

周りの者達はそれを見つめながら、動けなかった。いや、動かなかった。それよりも、忙《せわ》しなく周りの者達と視線を交わし合っていたからだ。

彼らは考えていた。ディメトリオに手を差し伸べるべきか、言葉をかけるべきか、あるいは——もはや擁立《ようりつ》する価値はないと見切って、この場を速《すみ》やかに離れるか。この突然の事態にあって、自らの立場を守るために、彼らもまた必死だった。

しかしその中で一人、全く別の思惑を抱いている人間がいた。

「ケスキナル卿、質問が」

ウェインである。

それまで黙っていた彼は、ケスキナルに視線を向けた。

「何なりと、ウェイン王子」

「では遠慮なく。……その日記は、どこで入手を？」

問いつつも、ウェインには日記の出所に予想がついていた。

そしてケスキナルは、予想通りのことを口にする。

「――ロウェルミナ皇女殿下より提供されたものです」

全員の視線がロウェルミナへ向いた。

ロウェルミナは、さも大量の視線を向けられてびっくりしたかのように身をすくめると、おずおずと口にした。

「ケスキナルの言う通り、私がその日記を提供いたしました」

「な、なぜそのようなことを！」

家臣の一人が食ってかかると、彼女は切なそうに頭を振った。

「偶然手に入れたものの、既に故人の日記です。私も最初は誰にも語らずにいようと思いました。ですが真に帝国の未来を憂うならば、真実から目をそらしてはならないと考え直し、ケスキナルに扱いを一任したのです」

ロウェルミナは目尻に涙さえ浮かべた。

「それがまさか、こんなことになるなんて……申し訳ありません、ディメトリオお兄様」

――もちろん、その白々《しらじら》しい態度から解る通り、ほとんどが嘘である。

数少ない事実は、日記を偶然手に入れたという点だが、それでさえ三兄弟の弱点を求めて徹底的に周辺を調査したことで見つけたのだ。偶然の産物というよりも、執念の結実といった方が適当であろう。

（だから、バルドロッシュやマンフレッドに勝たせるわけにはいかなかったんですよね）

ロウェルミナはこの日記を読んだ時、使える、と思った。

内容の真偽などこの際どうでもよかった。この日記を利用すれば、ディメトリオの血筋に不審を持たせられる。それが何より重要だった。

仮にこの日記がバルドロッシュやマンフレッドの母親の物だったら、効果は薄かったろう。なぜなら彼らの派閥に属している者は、二人の能力や人柄、約束された恩賞を理由にしている部分が多いからだ。

だがディメトリオは違う。彼が派閥を率いていられるのは、ひとえにその血筋のお陰だ。彼が皇帝の第一皇子だから人はついていったのだ。

そこを、ロウェルミナは狙い撃った。

（ディメトリオの派閥はこれで完全に崩壊します。派閥の人員は浮いた駒《こま》となるでしょう。それを私が丸ごとかっさらう！）

バルドロッシュとマンフレッドは今回の戦争で何も得られず、それどころか戦争によって戦費はかさみ、さらに領地は反乱で炎上中だ。とてもではないが他のことに手は割けないだろう。自分がディメトリオ派閥の人間を組み込むには絶好のチャンスだ。

（そしてその上で、私は帝位争奪戦に公式に打って出ます！）

これまでロウェルミナは公式の立場において、帝位は兄達の誰かが座るもの、としていた。

しかし今回の三兄弟の失敗で、帝国の民は大いに彼らに失望したことだろう。

その世論を追い風に、ロウェルミナは不甲斐《ふがい》ない兄達に代わって、自分が帝位につくことを宣言するつもりなのだ。憂国派閥を動員してディメトリオの領地で慰撫《いぶ》を行ったのも、その地ならしの一環であった。

（バルドロッシュとマンフレッドは当然反発するでしょう。結託して私と敵対するかもしれません。しかし今の傷ついた彼らの勢力ならば、ディメトリオ派閥を呑み込んだ私だけでも対処可能！）

ゆえに、ロウェルミナは確信する。

（この勝負、勝った――――！）

と。

「思ってるのなら、それは油断だな、ロワ」

「は――――？」

かつん、と。

ウェインが一歩踏み出した。

その先にいるのは、力なく項垂《うなだ》れるディメトリオ。

「いやはや、とんでもないことになったな、ディメトリオ皇子」

ウェインはディメトリオの肩に手を置いて、労《いたわ》るように言った。

「貴殿の心痛、察するに余りある。何か力になってやりたいが、さて、ここから私にできることは何かあるだろうか……」

ウェインはわざとらしい仕草で何事か考えて、ふと背後のケスキナルを振り向いた。

「ケスキナル卿、疑いが晴れるまでと言ったが、何もそれまでディメトリオ皇子を監禁するつもりなどはあるまい？」

「……それはもちろん、結果が出るまでは皇子殿下として丁重に扱わせて頂きますが」

「ならば良い」

ウェインはもう一度ディメトリオを見ると、彼に向かってにこやかに提案した。

「ディメトリオ皇子も少しばかりこの騒動で疲れたろう。どうだろう、しばらく私の国、ナトラで休息するというのは」

「ウェイン王子……」

「ナトラは良いところだぞ。寒さだけはどうにもならないが、最近は景気もよくて西側の物も多く入ってくるようになってな。帝国で過ごすだけでは知ることのできないものもあるだろう」

まるで十年来の友人に語るかのようなウェインの口ぶりは、本心からディメトリオを気遣っているようにみえた。しかしそんなわけがないことを、ロウェルミナは知っている。

ならば何がある。彼の狙いはどこにある。失脚したディメトリオを自らの国に招いて、彼が得るものといえば――

（――あ）

気づいた。

瞬間、ロウェルミナは叫んだ。

「サイラス卿！」

振り返り、ケスキナルの傍にいるサイラスを見やる。

「ディメトリオお兄様の身柄の確保を！」

サイラスが地を蹴った。

是非も問わず有無を言わさず、一直線にディメトリオの下へ駆け抜ける。

――が、その足が道半ばで止まった。

「これは……失態を演じましたか」

周囲を見渡し、サイラスは小さく舌打ちをする。

「サイラス卿⁉」

「申し訳ありませんロウェルミナ皇女、……既に我らとは別の手勢が配置されております」

「なっ……！」

ロウェルミナは慌てて周辺を見やった。

祭祀場の中は薄暗く、灯りの届かない部分には色濃い闇《やみ》が残っている。ロウェルミナには解らない。しかしその闇に潜む者の気配を、サイラスは感じ取っていた。

「御身《おんみ》ならばともかく、ディメトリオ皇子のあの位置では間に合いません」

「……ウェイン王子！」

ロウェルミナは叫んだ。

「ディメトリオお兄様をこちらへ引き渡してください！」

「引き渡す？　何のことでしょう」

ウェインはとぼけたように肩をすくめた。

「ディメトリオ皇子の権利はディメトリオ皇子に帰属するもの。私が差配できるものではありませんよ。まして、私はただ皇子を母国に招待しているだけなのですから、そのような剣幕で訴えられても戸惑いしかありませんね」

「本当に招待するだけなら、ええ、私とてこうは焦《あせ》りませんとも……！」

ロウェルミナは歯噛《はが》みする。ウェインが何か策を講じているとは思っていた。しかし、自分の秘策を破れるとは考えていなかった。

いや、事実としてそれは正しかった。ウェインは確かにロウェルミナの秘策を撥ねのけることはできなかった。

ただ彼は、その先を見据えていたのだ。

「ウェイン王子……貴方はディメトリオお兄様を、西側諸国へ亡命させるつもりですね⁉」

ロウェルミナの策謀によって、ディメトリオ陣営につくことになったウェイン。

彼はその時点で、一つの確信を得ていた。

すなわち、この勝負は勝てない、というものだ。

これだけの仕掛けをしてきた以上、ロウェルミナには必勝の策があるのだろう。異国の地、制限された時間、味方ではない勢力——それらを踏まえた上で、ロウェルミナの策を見抜いて対策を講じることは、ウェインをして現実的ではないと判断せざるをえなかった。

だから、発想を飛躍させた。

十中八九、ロウェルミナはゴールをディメトリオの洗礼式に置いている。

だったら、こちらのゴールを、その先に設定してしまえばいいのだ。

例えばそう——ロウェルミナに敗北したディメトリオをナトラに誘い出し、西側に対するカードにする、どうだろうか。

「お、皇子を亡命……!?」

家臣達が目を白黒させる。先ほどから情勢の急転のあまり、彼らの多くはもう状況を把握できずにいた。

「私が、西側に亡命……?」

ディメトリオの方は、母の日記がまだ堪《こた》えているらしく、ウェインを見上げる眼には力がこもっていなかった。

「――何のことか解りませんね、ロウェルミナ皇女」

ウェインはゆっくりと頭を振った。

「先ほども言った通り、私は皇子にちょっとした旅行を勧めているだけですよ」

「ええ、そして言葉巧みに説き伏せるのでしょう。西側諸国に亡命し、対帝国侵略の大義名分となれば、王の道は拓《ひら》けると！」

西側諸国にとって、ディメトリオの身柄の価値は計り知れない。第一皇子を御輿《みこし》に担《かつ》ぎ、今の帝国の支配は不当であると主張すれば、帝国は大きく動揺することだろう。

「まさかそんな、我が国は帝国と同盟を結んでいる友好国。それがどうして西側への亡命の仲介など、不可能ですよ」

のらりくらりとかわそうとするウェイン。

そんな彼にロウェルミナは言葉を突きつける。

「かつての西側と険悪であったナトラならば不可能でしょう。しかし今のナトラは西側に領地を伸ばし、周辺諸国とも友好関係を築いています。皇子の身柄を手土産に本格的な西側への帰属を申し出れば、西側諸国への仲間入りも現実的に可能です！」

もちろん実行にはリスクが伴う。

ディメトリオをそそのかしたとして、ナトラは帝国から怒りを買うだろう。西側諸国も自らの利益のため、新参のナトラを食い物にしようと画策するはずだ。

だが、ウェインならばやってのける。ディメトリオというカード一枚で帝国も西側諸国も手玉に取り、全部をかっさらう。そう思わせるだけの実績を彼は上げてきた。

(そしてそうなったら私は、帝国は、確実に追い込まれる……！)

ディメトリオ派閥を取り込んだ自分なら、バルドロッシュとマンフレッドの両者と渡り合う自信はあった。しかしここにディメトリオを担いだ西側諸国まで介入してくれば、勝算は未知数となり、計画は崩壊したも同然になる。その未来だけは絶対に避けなくてはならない。

「お兄様、どうぞこちらへ。ウェイン王子は貴方を利用しようとしています……！」

無理矢理ディメトリオの身柄を押さえることには失敗した。そうなれば、自発的にウェインの元から離れるよう説得するしかない。ここが最後の勝負だと、ロウェルミナは汗を滲ませる。

「まるで自分は違うと言わんばかりじゃないか、ロウェルミナ皇女。ディメトリオ皇子、少し考えてみてくれ。このまま帝国に居続けて、貴殿の望みは叶うかな?」

そしてウェインも条件は同じだ。ここでディメトリオの心を堕とし、ナトラへ引き寄せられれば勝ち。失敗すれば負けとなる。

「お兄様！　西側に与《くみ》することは帝国全体を危険に晒《さら》す行為です！　たとえ一つの席を兄弟で争ったとしても、帝国を思う気持ちは共通のはず！」

「貴殿の血筋は偽りだと疑惑をかけられた！　他ならぬロウェルミナ皇女の手によって！　全てを奪った彼女の言葉は、果たして信じるに値するかな⁉」

ディメトリオの行く末を巡り、ウェインとロウェルミナが舌鋒《ぜっぽう》を交わす。

もはやそこに余人が介在する余地はない。周囲の人々は、固唾《かたず》を呑んで事態を見守っている。

唯一割って入ることが許されるのは、今まさに身柄を争われているディメトリオ自身だろう。

そして今、彼は。

「……」

食い入るように、日記の最後のページを見つめていた。


(私はやはり、愛されていなかったのか……)

皇帝の子供ではないというのは、あくまで可能性の話だ。

けれどディメトリオは自分でも驚くほど納得してしまっていた。

自分を見つめる冷たい母の瞳。何度となく繰り返された、皇帝になれという言葉。捨てられた贈り物。それも全て、彼女が我が子を復讐の道具として見ていたと考えれば、腑《ふ》に落ちる。

(そうか……そうなのだな……)

外国出身の母から生まれた自分。

宮廷に信じられる人間は少なく、母の愛だけがより所だった。

けれどその愛が、偽りだったというのならば。

（私には、もう、何も無い――）

先ほどから自分が帝国に残るか西側に行くかで、ウェインとロウェルミナの言い争いが起こっている。

帝国に残ったところで未来はない。強制的に隠居か毒酒を飲まされる末路だろう。

さりとて西側に渡ってどうする。西側の犬となり、祖国たる帝国に弓を引いたところで、実際には皇帝になれないだろう。行き着く先はせいぜい地方領主か、やはり闇に葬《ほうむ》られるのが関の山だ。

どうあっても、自分は皇帝にはなれない。それを事実として受け入れた上で、ディメトリオの心にはさざ波ほどの揺れすら生じなかった。

もはやディメトリオは、皇帝になる理由を失った。帝位にも、帝国にも、あるいは自分の命にすら、執着する気持ちが湧《わ》かなかった。

（いっそ、自害してしまおうか……）

白暴自棄になった頭でそんなことを考えていると、ふと、落ちていた母の日記が目に入った。

呪詛まみれの日記。母は冷然とした面差しの内側で、こんなにも憎悪を滾《たぎ》らせていたのだ。

自分はそれにまるで気づいていなかった。誰よりも近くにいたはずなのに。

情けなさ。悔しさ。申し訳なさがこみ上げる。気づけていれば、寄り添えていれば、違う結果があったのか。答えを求めるようにページをめくり続け、ついに最後のページへと至る。

それを見て、ディメトリオは目を見張った。

開かれたページには帝国への憎悪は記されておらず、ただ短くこう書いてあった。

――あの子なら、偉大な皇帝になれる。

その文字からは、他のページに記されたそれらと違って、苛烈な怒りも憎しみも感じられなかった。代わりにとても弱く、儚《はかな》いが――慈愛が込められているように、ディメトリオは感じ取った。

（………そういう、ことなのか）

思い出すのは、以前ウェインが口にしてた言葉。

『人間の動機が単一であることは案外少ない。良くも悪くも、人の行動原理には多様な側面がある。ゆえに結果さえ呑み込めるなら、人は人の好きな側面を選ぶことが許されるのだよ』

あの時は意味が解らなかった。けれどこの日記を見た今ならば解る。

だとすれば、だとするのならば。

（……私がすべきことは、まだ、残されている」

心に決めて、ディメトリオは足に力を込めた。

「――ウェイン王子」

ウェインとロウェルミナの舌戦は、突如として響いたディメトリオの声によって中断された。

そして皆の注目が集まる中、ディメトリオはゆっくりと立ち上がり、振り向く。

「ナトラへ招待だと？　私を誰だと思っている。帝国第一皇子ディメトリオであるぞ。――あんなド田舎《いなか》に、私が足を運ぶわけがあるまい！」

これにロウェルミナは勝ったとばかりに笑顔を浮かべ、逆にウェインは眉根《まゆね》を寄せる。

「しかし！　しかしだ。他国の王族にも拘わらず、貴様にはここに至るまでの道中助けられた。根底に別の思惑があるといはいえ、これに報《むく》いねば私の名が廃《すた》るというものだ」

今度はウェインが興味深そうな顔になり、雲行きが怪しくなってきたロウェルミナの表情から笑顔が消えていった。

そんな彼女に向かってディメトリオは言った。

「ロウェルミナよ、貴様は私に西側へ行って欲しくないのだな？」

「え？　え、ええ。その通りですお兄様」

本当にやめてください、とロウェルミナは何度も頷く。

「ならば条件がある。――私の代わりに、ここで洗礼式を受けろ」

「えっ」

ロウェルミナは思わず声をあげた。

「いかに無能の私とてさすがに解る。貴様は皇帝になるつもりなのであろう？」

「ちょ、ちょっと待ってください。いえ、その通りではあるんですが、根回しもせずに洗礼式をやっちゃうと色々と反発が」

「で、あろうな。愚弟共は当然として、貴様を無私の奉仕者と信じていた憂国派閥の人間からも、貴様の野心に利用されていたのかと怒る者も出てこよう。――だが、やれ」

ロウェルミナは絶句した。

しかしディメトリオはお構いなしに続ける。

「母は私に偉大な皇帝になることを望んだ。しかし、それはもう叶わない」

母は帝国を憎んでいた。きっとそれは間違いないのだろう。

けれど動機には多様な側面があると、ウェインは言っていた。

だったら、母にもあったはずだ。帝国を愛する想い、我が子を愛する想いが。

自分はそれを信じよう。そして帝国を愛した母の想いに応えよう。それが自分にできる、最後の親孝行なのだから。

「貴様は私を負かした。ならば貴様を皇帝にすることが帝国にとっての最善だと私は確信する。……私に代わって皇帝になれ、ロウェルミナ」

それはあまりにも真《ま》っ直《す》ぐな、己《おのれ》の野心の終焉《しゅうえん》を告知する言葉だった。

家臣達は元より、ロウェルミナもまた、気圧《けお》されたように息を呑む。

けれど彼女はすぐさま気を取り直し、言った。

「……元より言われるまでもありません。ええ、私は女帝になります」

力強く応じて、それからおずおずと、

『でもそのう、できればもう少し配慮してくれても」

「私を貶めた貴様になぜ配慮せねばならん？」

ロウェルミナはぐうの音《ね》も出なかった。

ディメトリオも解っている。ロウェルミナを皇帝にするのであれば、彼女の思い通りにさせるのが最善だろう。けれどどこまで好き放題されたのだ。一度くらい意趣返しに殴り返したって、許されるはずだろう。

「貴様がどうしてもというのであれば、協力者のアテはあるぞ」

「ほ、本当ですか？　どこに？」

「いるではないか、目の前に」

ディメトリオはロウェルミナのすぐ隣を示す。

そこにはウェインが立っていて、ロウェルミナと眼があった。

「ウェイン王子、貴様に報いたいが、私にはもはや領地も権威も残っておらん。ゆえに、そこの妹から搾り取る機会を提供することで、報いとすることを許せ」

西側には行けない。しかしここまで大立ち回りをした以上、ウェインとて何も得ずには引っ込みはつかない。

だからロウェルミナの立場を弱らせ、ウェインが優位を取りやすくする。それを落としどころとして、どうか納得してくれ、頼む——言外《げんがい》に、ディメトリオはそう告げていた。

そしてその意を汲んだ上で、ウェインはふっと肩から力を抜いた。

「どうやら、最後の最後で出し抜かれたようだ」

「以前、貴様の言っていた呪いという言葉、まさにその通りだ。しかし同時に願いでもあった。些末《さまつ》なこととはいえ、私ごときが貴様を出し抜けたのは、その願《のろ》いの力であろう。二度は口にせぬゆえ、よく聞け。……ここまで至れたこと、貴様には感謝している」

「皇子に感謝されるとは、貴重な体験だな」

ウェインは笑って言った。

「ならば、これ以上懐を探るのは無粋《ぶすい》というもの。皇子の言う通り、負債はロウェルミナ皇女に背負ってもらうとしよう」

「おお、せいぜい無茶を押しつけてやるといい」

「ちょっと————！」

納得し合うウェインとディメトリオの横で、ロウェルミナが悲痛な叫びを上げた。

そんな妹の様子を見て鷹揚《おうよう》に笑いながら、ディメトリオは家臣達に歩み寄った。

「で、殿下、私達は……」

「貴様らはロウェルミナの下につけ。悪いようにはされぬであろう」

「しかしそれでは殿下は」

「よいのだ。……貴様達に栄華《えいが》を授けることのできなかった私を許せ」

ディメトリオは項垂《うなだ》れる家臣達の横をすり抜け、ケスキナルの前に立った。

「ケスキナルよ、私はこれより帝位継承権を放棄する」

それはディメトリオの政治生命にとって、完全なる終わりを意味する。しかしそうでもしなくては、彼を政治的に利用しようとする者が、性懲《しょうこ》りもなく出てくるだろう。

それに加えて、何よりも。

「私は皇子でなくなる。ならば……その親が何者であったかなど、些事《さじ》になるであろう」

母の名誉を守る。これだけは決して譲れない。

「……確かに、仰る通りかと」

ケスキナルは恭《うやうや》しく一礼し、ディメトリオの想いに応じた。


その後、ディメトリオ皇子の帝位継承権の放棄が、正式に告知される。

何故《なぜ》そのようなことになったのか、事情を深く知らない多くの民は戸惑うばかりであり、同時に今回の騒動でも皇帝が決まらなかったことに、苛立ちを募らせた。

そんな中、先の発表に併せるようにして、皇女ロウェルミナが帝位継承を目指すと宣言。

不甲斐《ふがい》ない兄達にはもう任せられず、既に洗礼式も完了させたという彼女の主張に、残る皇子二人は大いに反発。帝国民達も、まさかの女帝誕生の可能性に、その多くは困惑という形で反応を示した。

果たしてここから帝国がどうなるのか。

混迷する状況に、誰もが答えを見つけられないままでいる。

しかしこの一件が、新たな波乱の幕開けとなることには、誰の眼にも明らかであった。

エピローグ

ナトラ王国ウィラーオン宮殿。

その一室にて、フラーニャ・エルク・アルバレストは、

「あうううエリゼえええええ……」

机に突っ伏しながら、帝国にいるフラム人の赤子《あかご》を思って嘆いていた。

「あのまま帝国に居着くかと思ってたぞ」

傍《かたわ》らのナナキは呆《あき》れながら思い出す。帝都からナトラに帰国する際、今生《こんじょう》の別れとてここまでしないだろうと思うほどフラーニャはエリゼを構い倒し、構い続け、なお離さず、遂にはナナキに引きずられるようにして帰郷の途についたのである。

「だってエリゼあんなに可愛《かわい》いのよ！　ナナキだって解るでしょ！」

「赤子を育ててる官吏ぐらいナトラにもいるだろう。構いたいならそっちを構えば良い」

「違うのー！　その子はその子で可愛いでしょうけど私が会いたいのはエリゼなのー！」

突っ伏したままジタバタする主君を見て、ナナキはこれ以上この件で建設的な話し合いの実施を諦《あきら》めた。

「それより、もうじき例のあいつとの面会時間だぞ」

「あ、そうだったわね」

フラーニャは慌てて居住まいを正す。ナナキがその手伝いをしていると、部屋の扉が外から叩《たた》かれた。

「……お召しにより参上致しました」

現れたのは中年の小柄な男だった。その相貌にはあまり生気が感じられず、どこか枯《か》れた気配を漂わせる。しかしそんな彼に向かってフラーニャは笑顔を浮かべた。

「よく来てくれました。今日より貴方《あなた》には私の家臣として、私の未熟を支えてもらいます」

「……故郷を追われ、帝国にて隠遁《いんとん》していた私に、殿下御自ら足を運んで頂いたこと、心より感動致しました。これより殿下にお仕えすることに、何ら異はありませぬ」

男はそこまで口にしてから、されど、と続ける。

「どうしても殿下に一つ、お伺《うかが》いしたいことがございます」

「何なりと」

「……私が兄君、ウェイン王太子殿下に隔意《かくい》を抱いているとは思わぬのですか？」

「思いますとも」

フラーニャは当たり前のように頷《うなず》いた。

「兄が貴方にしたことを思えば、当然のことでしょう。私の家臣として働きながら、兄を物理的に、あるいは社会的に貶《おとし》めようとすることは、当然予想できることです」

「……それならば、なぜ」

　重ねられた問いに、フラーニャは少しばかり考えて、

「問いを返すようですが、此度《こたび》の帝国での騒動、貴方も多少耳にしていると思います。ではこの件で、私がナトラに対して何ができたと思いますか？」

「はっ……ウェイン王子に代わって帝都に赴《おもむ》き、多くの有力者と会談の場を設け、ナトラに有益な条約をいくつも持ち帰ったと」

「ええ、その通りです。ロウェルミナ皇女にお兄様の意思を伝えつつ、彼女を妨害すること。それと帝国の有力者達と多少の顔つなぎ」

　ふっと、フラーニャは似つかわしくない自嘲《じちょう》を浮かべる。

「要は、手足のついたお手紙程度の働きですよ。有益な条約というのも、本来は兄が勝ち取ったものです。ですがロウェルミナ皇女はあえて私を経由させることで、私をナトラ王国における第二勢力として確立させ、兄と対立させようとしています」

「それを懸念《けねん》されるのでしたら、尚更《なおさら》私の登用は」

「いいえ、必要なことです」

　フラーニャは力強く断言した。

「ナトラは急速に拡大し、今や兄であっても手が回りきっていません。今回の件も、私がもっ

と優秀ならば、もっと大きな役目をこなせたかもしれません。兄が楽に帝国と渡り合えたかもしれません。ですが、そうはならなかった。私が未熟だからです」

フラーニャの声に力が宿る。ロウェルミナをして魔性と評価した声音《こわね》だ。直《じか》に浴びせかけられる男はもちろん、傍《そば》に立っているナナキでさえ、強く揺さぶられるのを感じた。

「認めましょう。私は侮《あなど》られています。諸外国や、あるいは兄にさえも。そうされるだけの未熟が私にあるからです。そして残念ながら、その未熟は一朝一夕《いっちょういっせき》では解消しません。ならば必要なのは、私の未熟を支えられる優秀な家臣です」

フラーニャの言葉に、男は小さく唸《うな》った。納得と不服。それが彼の胸中で渦巻き、やがて一つの言葉となる。

「……そうであっても、やはり私は危険でありましょう」

するとフラーニャは小さく笑った。その可憐《かれん》な唇から紡《つむ》がれるのは、懐かしむような言葉。

「以前、一度だけ兄に問うたことがあります。優れたる王の器とは如何《いか》なるものか、と」

「優れたる王器……ですか？」

「講談などではよくありますね。たとえ当人に能力がなくても、その人徳で以《もっ》て清廉で有能な家臣達を自然と集める。それこそ王の器であると」

「ウェイン王子はそうではないと？」

「ええ。兄はこう言いました。その場合、もしも清廉《せいれん》で有能な人間が世にいなければ、そいつは王になれないではないか――と」

男は虚《きょ》を突かれたように眼を瞬かせた。

「それは……言われてみれば、その通りではありますが」

「民が王に期待することはあっても、王が民に期待してはならない。転じて、家臣に清廉を求めるというのは、王として未熟の表れ。真の王器とは人の持つ光の側面だけでなく、私欲、遺恨、悪徳、無能、犯意といった毒をも呑《の》み込《こ》み、扱えるものである……これを聞いた時、私はいたく感銘を受けました」

なおフラーニャは知るよしもないが、これを語った当時はまだまだナトラは弱小国で、そもそも有能で清廉な人間などから歯牙《しが》にもかけられず、「別に有能な人間なんていなくても俺《おれ》はやれるしー！　人材が来なくても悔しくないしー！」という僻《ひが》みが多分に込められていたのだが、全くの余談である。

「それゆえに、私でありますか」

「ええ、そうです。誤解のないよう言っておきますが、私は本心から貴方を必要としています。しかしそれは家臣という以外にも、自分自身に対する試練としてもです。私が所詮《しょせん》お飾りの器か、あるいは兄の一助となり得る可能性を秘めているのか。貴方という毒を呑み込めるかどうかで、私は私を試します」

フラーニャは毅然《きぜん》と言い切った。

男はそんな彼女を見て、まるで輝く太陽を前にした時のように眼を細めた。

「……殿下の気高い志、誠に感服いたしました」

そう口にする男の表情には、ささやかながらも熱が宿っていた。

「非才の身でありますが、これより貴方様のための柱となり、毒となりましょう」

フラーニャは微笑《ほほえ》んだ。

「ええ、これからよろしくお願いします──シリジス卿」

幼くも目映《まばゆ》い新たな主君を前にして、元デルーニオ王国宰相《さいしょう》シリジスは、恭《うやうや》しく一礼した。

◆◇◆

「へえ、フラーニャがシリジスを」

執務室にてニニムからの報告を受けたウェインは、興味深そうに応じた。

「それはまた予想外の展開だな。しかし、なんでシリジスが帝国に？」

「ウェインにやり込められて失脚したわけだけど、色々と政治を私物化していた余罪が明らかになってデルーニオから追放されたそうよ。さらに周辺諸国にも回状が回って居場所がなくて、帝国に渡って隠遁《いんとん》していたみたい」

「なんとも不幸な話だな」

「全く同意するわよ主犯さん」

　ウェインは目をそらした。

「それより、よくそんなのフラーニャが見つけられたな」

「家庭教師のクラディオスがどうもシリジスと縁があったみたいね。フラーニャ殿下から家臣の相談を受けて、それならってことで帝国での居場所を伝えて、帝都に赴いた際に殿下が直接口説《くど》き落《お》としたそうよ」

「そこで俺と因縁ある相手を紹介する辺り、クラディオスも良い性格してるよなあ」

　今はフラーニャの家庭教師だが、以前はウェインの家庭教師でもあった。自分と違って生徒として模範的なフラーニャは、さぞや教え甲斐《がい》があることだろう。

「それでシリジスだけど、どうするの？」

　質問には当然ながら、始末するのか否《いな》か、という意味合いが込められている。

　ウェインによって祖国における要職を奪われたのだから、隔意を持っていると考えるのは当然だ。フラーニャを利用してナトラに復讐《ふくしゅう》を計画しているかもしれない。

　その上でウェインは軽く手を振った。

「今は放っておいていい。妹の自主性を尊重する方針で行こう」

「相変わらずフラーニャ殿下に甘いんだから」

「そこはお互い様だろ。火種《ひだね》になりそうなら対処するさ」

「それじゃあ監視だけしておくわね」

シリジスに対する方針が決まったことで、話は次の議題へ移る。

「帝国だけど、これで晴れてロウェルミナ派閥になったわけね」

「最後にディメトリオにしてやられたなあ。あれだけ第二第三皇子と正面切ったんだから、今更向こうにつくのも難しくはあったんだが」

「ちなみにディメトリオ皇子を手土産《てみやげ》に西側につくっていうのは、どれぐらい本気だったの？」

「半々」

ウェインはぼやいた。

「身柄さえナトラで押さえておけば、明確に立場を表明せずとも、西側と帝国の両方からふんだくることもできたんだけどな。結局は有利な条約をいくつか引っ張れたくらいだったのは惜しかった」

「しかもフラーニャ殿下の功績にされたしね」

「それな！　くっそロワの奴、最後まで抜け目ない……！」

「フラーニャ殿下と派閥争いなんてなったら、本当に笑いごとじゃないんだから。私も宮中の監視を強めておくけれど、ウェインもくれぐれも注意しないさよ？」

「解ってるって。とはいえ、帝国は今回の混乱と回復でしばらく動けないだろうし、これも置いておこう」

それよりも、と。

ウェインが目の前に掲げたのは一枚の書簡であった。

「問題はこれだ」

「……延期されていた選聖会議。その招待状ね」

西側諸国にて広く信仰されているレベティア教。その幹部たる選聖侯達が年に一度集うのが選聖会議だ。

送られてきた書簡は、本来ならば選聖侯しか呼ばれないはずのその会議へ、ウェインを招待するというものだった。

「罠《わな》だと思う？」

「罠だと思うわ」

「鬼と蛇、どっちが出てくると思う？」

「どっちも逃げ出すようなのが出てくるに一票」

「……行きたくなくなってきたなあ！」

「まあ、それも含めて家臣達と話し合いましょう。この一件は慎重に考える必要があるわ」

だなあ、とウェインは頷いた。

「全く、南から帰ってきたと思ったら、西に東に大忙しだ」

「いつものことじゃない」

「それがいつものことって、何かおかしい気がするんですけどねニニムさん――――！」

ウェインの叫びを、ニニムは素知らぬ顔で聞き流した。


かくして帝国第一皇子ディメトリオは、歴史の舞台から降りた。

しかし大陸の動乱は未《いま》だ収まらず、舞台に残る者達には、更なる試練の炎が襲いかかる。

最後に残るのは誰《だれ》になるのか。あるいは誰も彼もが炎に焼かれ、灰燼《かいじん》と帰《き》すのか。

答えを知るのは、未来の史書だけである。

あとがき

皆様お久しぶりです、鳥羽徹です。

この度は「天才王子の赤字国家再生術7～そうだ、売国しよう～」を手に取って頂き、誠にありがとうございます。

今作のテーマはズバリ「再戦」！　四巻以来となる帝国側のお話で、皇女ロウェルミナを筆頭に帝国の要人達が登場し、思惑や策謀がぐるんぐるん渦巻く回となっております。そこに巻き込まれたウェインがどのように七転八倒するのか、是非ともご覧になってください。


最近、電子書籍の広まりが凄いなあと痛感します。実際、当シリーズを電子書籍で購入されている方も多いのではないかと。かくいう私自身も電子書籍を結構利用しているのですが、そんな中で考えているのが、参考資料となる書籍の扱いです。

漫画やライトノベルと違ってこちらは電子化されていないものも多く、また手元に置いて直感的に必要なページを確認できるのが好きなので、資料については紙媒体で購入しがちなのですが……やはり、場所を取るのが辛いところ。

タブレット一つで何百、何千冊と保存出来る電子書籍の利便性を知ってしまうと、積み重なる書籍の圧迫感はなかなか……このまま資料の電子化が加速するようなら、いずれはそちらも電子で読むことになるのかなあと、そんなことをぼんやりと考えたりしています。

そしてここからは恒例の謝辞を。

担当の小原様、例のごとく締め切りでご迷惑をおかけして申し訳ないです。このままではいけないのでどうにか執筆スピードを上げたい……上げたい……。

イラストレーターのファルまろ先生。今回も素敵なイラストをありがとうございます。活き活きしたキャラクターはもちろん、書き込まれた背景や小物にも毎度のごとく感嘆しっぱなしです！　あと懐かしのおっぱい！

読者の皆様にも感謝を。世界的に情勢が混迷を極める中、こうして自分の本が出せるのは、間違いなく皆様の応援があってのことです。今後ともよろしくお願いします！

またスマホアプリのマンガＵＰ！様にて、えむだ先生によるコミカライズも好評連載中ですので、こちらも引き続きよろしくお願いします！

さて次の八巻ですが、恐らくは西側の話になるかと思います。

大陸の全容も段々と見えてきたので、そろそろ選聖侯も全員出す……かな？

未来のことは解りませんが、ともあれ読者の皆様の期待に応えられるよう頑張ります。

それではまた、次の巻でお会いしましょう。

ファンレター、作品の
ご感想をお待ちしています

〈あて先〉

〒106－0032
東京都港区六本木2－4－5
SBクリエイティブ（株）
GA文庫編集部 気付

「鳥羽　徹先生」係
「ファルまろ先生」係

本書に関するご意見・ご感想は
右のQRコードよりお寄せください。

※アクセスの際や登録時に発生する通信費等はご負担ください。

https://ga.sbcr.jp/

天才王子の赤字国家再生術 7
～そうだ、売国しよう～

発　行　　2020年6月30日　初版第一刷発行
　　　　　2021年9月30日　第三刷発行
著　者　　鳥羽　徹
発行人　　小川　淳

発行所　　SBクリエイティブ株式会社
〒106－0032
東京都港区六本木2－4－5
電話　03－5549－1201
　　　03－5549－1167（編集）

装　丁　　冨山高延（伸童舎）

印刷・製本　中央精版印刷株式会社

ISBN978-4-8156-0709-8
Printed in Japan　　GA文庫